17音の青春　２０１８

五七五で綴る高校生のメッセージ

序に代えて

神奈川大学全国高校生俳句大賞専門委員会委員長
山口ヨシ子

神奈川大学創立七〇周年を記念して一九九八年に創設された神奈川大学全国高校生俳句大賞は、今回で二〇回を数え、本学は今年創立九〇周年を迎えます。第一回目は、応募高等学校数一四四校、応募総数三九七〇通でしたが、今年度は、応募高等学校数一九七校、応募総数一一九八四通となり、北海道から沖縄までの、文字通りの全国的な企画として成長することができました。本俳句大賞の受賞者からプロの俳人も生まれました。これもひとえに、俳句に関心をもち応募してくださった全国の高校生の皆さん、ご指導くださった高等学校の先生方、そして初回から選考にあたってくださった宇多喜代子、大串章、金子兜太の三先生方をはじめとする選考委員の先生方の一方ならぬご協力があってこそだと思います。今までご協力くださいましたすべての方々に本学を代表いたしまして、深く感謝を申しあげます。

今年度の選考は、まず、二〇一七年一〇月一一日に、本学横浜キャンパスにて、恩田侑布子、北川素月、清水青風、橋本直、原千代、若井新一の六先生よって第一次選考が行われました。続いて、一一月一三日に、東京・日本工業倶楽部にて、宇多喜代子、大串章、長谷川櫂、復本一郎、黛まどかの五先生方によって最優秀賞、団体優秀賞、団体奨励賞、入選、一句入選の作品が選考されました（金子兜太先生はご欠席）。一つ一つの応募作品に向い合い、真摯にご選考くださった先生方に、改めまして衷心よりお礼を申しあげます。

俳句界を代表する先生方に作品が認められた入賞者の皆さん、おめでとうございます。入選作品は、高校生の日常から紛争の続く世界の動向までをも詠み、現代の高校生らしい若さに溢れたすばらしい俳句だと思います。また、今回は残念ながら選にもれた皆さんも、引き続き俳句に挑戦し続けてください。俳句とともに歩む人生は豊かで意義深いものになるに違いありません。

正岡子規は、対象の事物をありのままに読みとる写生俳句を提唱して近代俳句の確立に貢献したと理解しています。写生をするということは「よく見ること」、つまり、目と心とを働かせて「よく経験する」ことであり、それは「何があってもよい生を探求する」ことだと思います。本書に収録された作品群からも、高校生の「今」を真剣に生きる姿が浮かびあがり、感動を覚えます。一〇〇年後、神奈川大学は創立一〇〇周年を迎えますが、一〇〇年後の高校生が「今」を生きる姿も、この俳句大賞を通じて見たいと願っています。

選考委員から〈今、高校生に伝えたいこと〉

「ねばならない」から自由になれ

金子兜太

青少年に俳句を教えるとき、約束事から入る者がいるという。驚くべきことだ。今の時代、そういうものからはもう解放されていると思っていた。

俳句の必須条件として最初に「季語」だの「切れ」だの「文法」だのを教えることが俳句をいかに狭めるか。私はそれが恐ろしい。若いうちから俳句を狭い範囲のものとして受け取り、狭い詩を書くことはやめてもらいたいと心から願っている。

「季語」や「切れ」について真面目に考え、教えている人が大勢いることはわかるし、彼らを非難するつもりは全くないが、そういう考えに凝り固まるのは狭いと言わざるを得ないだろう。高校生にはルールなんかいらない。自由に書けばいいのだ。せめてルールをというなら、「五七五」だ。五七五で書きさえすればいい。

高濱虚子の提唱した「俳句には季語がなければいけない」という考え方は過去のものであろう。そういう教えから解放された上で、それでも自分にとっては季語が必然で、詩語（詩の言葉）としてぴったりくると自ずから思えるのであれば使えばいい。「みんなが使っているから使わなければいけないのかな」なんていう束縛を高校生が感じるのはまったく無用。

私は、季語はむしろ便利に活用したらいいと思う。実際、季語には長い歴史の中で約束されてきたものがあるのだから、これを大事にしてやって効果的に使うことだ。私は、使わなければならないと思って季語を使ったことはただの一度もないが、「ねばならない」というものを自分の頭の中に設けなければ俳句が作れないという人は案外多いのではないか。それは勿体ないことだ。自由にやって欲しい。自由にやっているうちに妙にぴたっと詩型に収まる瞬間があるものだ。それをぜひ高校生諸君にも体験して欲しい。日本の定型詩はそういう力を持っている。

よく眠る夢の枯野が青むまで　兜太

金子兜太（かねこ・とうた）　一九一九年生まれ。高校時代より句作。東京大学入学後、加藤楸邨《かとうしゆうそん》に師事。一九六二年、同人誌「海程《かいてい》」創刊、後、兜太主宰誌。現代俳句協会名誉会長。朝日俳壇選者。一九八八年、紫綬褒章受章。二〇〇五年、日本芸術院会員。二〇〇八年、文化功労者。句集に『少年』（現代俳句協会賞）、『東国抄』（蛇笏賞）、『金子兜太集』全四巻など。

これから、どうなるのだろう

宇多喜代子

これからの時代を生きてゆく高校生諸君。君たちは五年先、十年先の「わが身辺」を想像したことがありますか。たとえばＡＩが君の身辺のどのあたりまできているか、どういうかたちで君の味方になっているか、はたまた敵になっているか。

つまり手をつかい、愚直な道具を使って生活してきた昭和時代のわたくしには、見当がつかないのです。ＳＦの世界ではなく現実のこととして、君らは今の大人と同じように満員電車に揺られて仕事先に出向くようなところから一日をスタートさせるだろうか。そもそも机を並べたオフィスというものがあるものだろうか、そんなことを考えます。

たぶん出勤形態も、オフィスの形もおおきく変わり、同士同輩は手で繋がらずにパソコンで繋がる関係となるでしょう。そんなことを考えては、まぁ、人間が主体であるかぎりそう変わることはないだろう、そう思い直すのですが、今日のニュースで「やがてタクシーは無人自動車になります」とのこと、なんだかヤバイと思うのです。

そんな変化の中で、昨日から案じていた句帳の一句の一字が気になりはじめます。テニヲハがどうにも定まらない。機器でも何でもない「私」という人間が頭をつかって考えているのですが、どうにも思案投首状です。

こういうとき、同じ室温の同じ机上でズルズルといくら考えても決め手に恵まれることはまずないと心得て、この句から離れます。

もし、ＡＩでここのところを対処するとなれば、ささっと片付くのかな、たとえば過去の同趣の作品を一覧してくれて、こっちよりはこっちだよと指示してくれるかな、と思ってみたりします。

こんな幼稚なレベルではなく、本格的な人工知能はかならず俳句の世界に手を伸ばしてくるでしょう。その時、諸君はまず「人間」であることを覚えておいてほしい、そう思うのです。

冬の月千年前よりすさまじき　　喜代子

宇多喜代子（うだ・きよこ）　一九三五年、山口県生まれ。大阪へ転居し、転入した府立桜塚高等学校時代より句作。「獅林《しりん》」へ入る。一九六九年、桂信子の「草苑《そうえん》」入会。「草苑」終刊後、「草樹」会員。著書に句集『りらの木』『夏月集』『象』『記憶』『宇多喜代子俳句集成』、評論集に『ひとたばの手紙から』『古季語と遊ぶ』『名句十二か月』『里山歳時記』『俳句と歩く』など。

遣る気を持つこと

大串　章

「今、高校生に伝えたいこと」というテーマを貰って、咄嗟に思ったのは、自分は高校時代に何をやっていたか、ということだった。振り返ってみると、高校入学と同時に文芸部に入り、俳句や詩や評論を書き、部誌に発表した。手元にあるガリ版刷りの部誌「城」（鹿島高等学校文芸部）第一号を見ると、詩「暮色」、俳句「雑吟12句」、評論「佐賀県の俳句」を発表している。「城」第二号には、詩「夕立の後」、俳句「手袋15句」、紀行文「唐津」を発表している。先輩の記した「編集後記」を読むと、〈暑中休暇にはなったが、連日特課で登校して、午後からは編集会議で、部員は皆、疲労しきっているが、雑誌発行のために、一生けんめいがんばった〉（第一号）、〈「多忙は理由にならない」とは常に耳にする言葉であり、自分自身にも言い聞かせる言葉である。自分一人で人生を深刻がっていたところでどうにもなるまい。／文芸に、政治性社会性ばかりを求めて、そんな記事ばかりありがたがっている人には、この「城」など紙くず同然であろう。「城」のよさを主張する考えは毛頭無く、又うぬぼれもしないが、そんな人は古典でも読んで、自分から少し離れてみてはどうか〉（第二号）などと書いてある。こうした「編集後記」を読むと、若者の遣る気といったものを感じる。通常の授業のほか特課（大学受験の為の補習授業）なども受けながら、文芸に励み、部誌の発行に尽力している。そこに当時の高校生の前向きの姿勢が見てとれる。

私が「今、高校生に伝えたいこと」は、こうした若者の遣る気である。遣る気をもって何事かに（例えば俳句に）取り組むことによって、一度しかない人生を有意義に生きることができる。

青嶺あり青嶺をめざす道があり　章

大串章（おおぐし・あきら）　一九三七年生まれ。大学時代、「青炎」「京大俳句」などに参加。一九五九年、大野林火《おおのりんか》に師事。一九九四年、俳誌「百鳥《ももとり》」を創刊・主宰。句集に『朝の舟』（俳人協会新人賞）、『大地』（俳人協会賞）、『山河』『海路』、評論集に『現代俳句の山河』（俳人協会評論賞）など。朝日新聞、愛媛新聞俳壇選者。日本文藝家協会理事。俳人協会会長。

意味と風味

長谷川　櫂

「バカ！」といえば、ののしっているのである。手もとの辞書でバカを引けば「①おろかなこと。おろかな人。②つまらないこと。無益なこと。③（よくないことで）度をすごしていること」と書いてある。これがバカという言葉の「意味」である。

人間の社会は言葉で成り立っている。そして言葉の意味さえ知っていれば、人間として生きていける、と思われている。ここに大きな誤りがある。仲のいい夫婦の間で「バカだなあ」といえば親愛の表現である。これが言葉の「風味」というものだ。しかしバカという言葉の風味について辞書は何も触れていない。

言葉には意味のほかに風味がある。言葉は氷山のようなものと考えればいい。意識の海面上に現れているのは意味である。これが言葉のすべてと思っていると、意識の海面下にもっと大きな風味が隠れている。人間は言葉の意味だけでなく、この風味がわかっていないと社会で生きてゆけない。ところが言葉の風味は文字ではなかなか伝わらない。声や表情のほうが伝わる。メールよりは電話、電話よりはじっさい会って話すほうが伝わるのだ。

インターネットに「死にたい」と書きこんで殺人者の毒牙にかかった若者が何人もいた。

彼らの「死にたい」は、じつは「助けてほしい」だったかもしれない。親しい人ならこの風味がわかってもらえたかもしれないのに、ネットの書きこみでは伝わらない。

さて俳句にとっては言葉の意味より風味のほうがはるかに大事である。辞書に書いてある意味だけで俳句を作ろうとしたら、みんな理屈になってしまう。だから俳句をする人は自分だけの言葉の風味の辞書を作るべきなのだ。

こほろぎや言葉の墓の広辞苑　櫂

長谷川櫂（はせがわ・かい）　一九五四年、熊本県生まれ。俳人。東京大学法学部卒業、読売新聞記者を経て俳句に専念。朝日俳壇選者、東海大学文芸創作学科特任教授、ネット歳時記「きごさい」代表、俳句結社「古志」前主宰。『俳句の宇宙』で第十二回サントリー学芸賞、『虚空』で第五十四回読売文学賞を受賞。句歌集『沖縄』『震災歌集 震災句集』、著書『子規の宇宙』『一億人の「切れ」入門』『俳句生活』『文学部で読む日本国憲法』など。

柔軟性のすすめ

復本一郎

大正三年（一九一四）は、子規の十三回忌。雑誌「ホトトギス」は、大正三年十月号より大正四年三月号までを「子規居士十三回忌記念号」として「子規の句六回講義」を連載している。講義の担当は、子規門の内藤鳴雪と高浜虚子。その二回目。明治三十一年（一八九八）作の子規句、

元光院観月会
紅 葉 山 の 文 庫 保 ち し 人 は 誰　　子規

に対する虚子と鳴雪の見解が大いに注目させられる。子規句中の「紅葉山」は、江戸城中央部の丘の固有名詞。「紅葉山の文庫」は、将軍の利用に供するための図書館。紅葉山文庫《もみじやまぶんこ》。虚子は「此《この》句には別に季のものが読込まれてゐるので無くて、前置（筆者注・前書き）の観月会と言ふ字を取除けば無季の句であるけれども、紅葉山と言ふ固有名詞が紅葉と言ふ字を持つて居る為めに紅葉の季として取扱つたことになつて居る。（中略）子規居士は又好んで此種の句法を用ひて居る」と説明している。あの虚子が、である。鳴雪も「此句は普通の意味の季節が読込まれたと言つてもよいし、或は紅葉のある紅葉山の文庫といふのを端折つた

と見てもよい位である。が、既に固有名詞になつたものも、季の事物があれば、それを用ふることは無論ある」との意見。柔軟かつ、何と衝撃的な。

虚子や鳴雪が、季語に対してこのような見解を示しているということは、右の二人の解釈の口吻にも窺《うかが》えるように、子規が、普段、そのような見解を門下に対して示し、また、実作においても実行していたからにほかならないであろう。

高校生の皆さんが俳句という文芸に挑戦する場合に、基礎力を養成することはもちろん大切であるが、子規や鳴雪や虚子のような柔軟さをも、彼らから学ぶ必要があるのでは。

小人閑居して子規読む日々や春隣　鬼ヶ城

復本一郎（ふくもと・いちろう）　一九四三年、愛媛県生まれ。神奈川県立横浜翠嵐高等学校卒。早稲田大学大学院文学研究科博士課程修了。国文学者。文学博士。静岡大学、神奈川大学教授を経て、現在、神奈川大学名誉教授。俳号、鬼ヶ城。著書（含編校注）に『鬼貫句選・独ごと』『井月句集』『獺祭書屋俳話・芭蕉雑談』（以上岩波文庫）、『連歌論集・能楽論集・俳論集』（小学館新編日本古典文学全集）、『俳句と川柳』『芭蕉の言葉』（以上講談社学術文庫）、『正岡子規　人生のことば』（岩波新書）、『歌よみ人　正岡子規』（岩波現代全書）など。公益財団法人神奈川文学振興会評議員。産経新聞〈テーマ川柳〉選者。神奈川新聞〈俳壇〉選者。

俳句と身体性

黛　まどか

ここ数年の応募句には、原発事故やテロを詠んだ作品が少なくありません。俳句を通して現代社会が抱える問題に向き合い、深く考えることは、一つの挑戦として歓迎したいと思います。ただし俳句という形式の性質上、作句姿勢として心にかけてほしい点もあります。

東日本大震災以降、私は度々福島へ足を運んでいます。福島第一原発の構内にも入り、水素爆発を起こした建屋を間近で見ました。しかし、原発事故を俳句に詠むことはなかなか出来ません。俳句は思想や感情の発露としての受け皿ではないからです。情に流されず、理や知に陥ることなく、社会問題を俳句として昇華させるには、抑制と覚悟が求められます。

テロによって尊い命を落とした犠牲者やその遺族、原発事故により故郷を奪われた人々の痛みを、頭ではなく身体を通して自分のものとして解した上で、詩として客観的に詠まなくてはいけません。時には現場に足を運び、自分の目で見ることも大切でしょう。

私たちの日常生活は、買物から情報処理までスマホ一つで完結できるようになりました。そんな時代だからこそ、「身体性」が重要なのです。

私は昨春、四国遍路を歩きました。全行程一四〇〇キロの旅です。弘法大師が修行に励んだ聖地を、身体一つで歩きます。遍路では、視覚も嗅覚も聴覚もすべて生き死にに直結します。五感を敏くして僅かな変化を捉えないと、様々な危険に遭遇するからです。

西行や芭蕉、山頭火等に代表される詠み人は、歩いて詩歌を紡ぎました。歩くことで感覚や感性を研ぎ澄ませて詩嚢を肥やし、古人と心を交わしたのでしょう。羈旅の労苦や悦びは、土地土地の山河と呼応するように俳句に詠まれていきました。

俳句は身体で詠む。頭でっかちになりがちの現代生活だからこそ、五感（身体）を使って、俳句を詠んでほしいと願います。

日焼けして日焼けして声太くなる　　まどか

黛まどか（まゆずみ・まどか）　一九六二年、神奈川県生まれ。『京都の恋』で第二回山本健吉文学賞受賞。二〇一〇年から一年間、文化庁「文化交流使」として欧州で活動。オペラ「滝の白糸」「万葉集」の台本執筆、校歌の作詞、テレビのナレーションなども手掛ける。現在、「日本再発見塾」呼びかけ人代表、北里大学・昭和女子大学・京都橘大学の客員教授。著書に『ふくしま讃歌』『引き算の美学』、句集『てっぺんの星』他多数。

最優秀賞受賞作品

応募高校197校、応募数11,984通のなかから、
2017年11月13日に行われた選考会で決定した最優秀作品5作品です。

髙橋文哉
秋田県・秋田西高等学校2年

星月夜幼馴染みの家を見る
運動会文学好きな君走る

新涼やペンの音聞く授業中

（たかはし・ふみや）この度の受賞ありがとうございます。この喜びは17音では表現しきれないほどです。私は今回、学校生活など自分の日常から着想を得て作句しました。特に新涼の句は五感に訴え、臨場感のある句で自分でも気に入っています。これからも、人に共感してもらえるような句を作っていきたいです。

園田雄大
石川県・金沢錦丘高等学校2年

褌で御輿を担ぐ俺十七

祭の夜コーラと孤独減つてゆく

祭果つ祖父父叔父と飯を食ふ

（そのだ・ゆうた）この三句を作ったのは、ある夏休みの一日です。家の近くの神社から祭囃子が聞こえ、それをきっかけに〝祭〟をテーマとしました。今では引き籠もりがちな自分の幼い頃の記憶にも、勇壮活発な祭のムードは、くっきりと残っています。その景色に、その時よりも少しは大人になった、自分を重ねました。

三原瑛心

愛媛県・済美平成中等教育学校6年

描いてみるか？と素裸で笑ふ彼

太陽の匂ひ日焼の腕枕

耳に息かかりつつ髪洗はる

（みはら・えいしん）快闊で逞しく大胆なある男性と主人公との間柄を、季語と五感を活かして作品にしました。谷崎潤一郎の『細雪』など様々な文学作品に触れてきた故に、女性的な目線で詠めたと考えています。二年連続の受賞に驕ることなく、多種多様な視点と表現力を私の中に培い、生き甲斐を与えてくれる俳句活動を、呼吸同然に続けたいです。

西内朱里

熊本県・熊本信愛女学院高等学校2年

石榴裂け紙面にミサイルの話

夏の果てよりココア一匙分のテロ

良夜のラジオどこかで紛争の話

（にしうち・あかり）この度このようなすばらしい賞を受賞できて本当に嬉しく思います。まだまだ自分は伝えたいことが上手く表現できず、句作りには苦戦していますが、友人と切磋琢磨しながら俳句を考えている時間を楽しんでいます。これからも自分らしい俳句を作れるよう日々精進していきたいと思います。

浜崎結花
沖縄県・浦添高等学校3年

豚の顔売られて涼し島の市

魚市の尾鰭はためく溽暑かな

秋色やみづの重さの海ぶだう

（はまさき・ゆいか）三句を通し、県民の食に密接にかかわる地元の市場の様子を描いた。いずれも私の住む沖縄の風景だが、沖縄を訪れたことのない人にも独特の空気感や懐かしさが伝わることを願う。俳句が本当に好きだ。だからこそ苦しくなる時もあるが、やめたいと思ったことはない。今後も心から俳句を愛し、楽しんでいきたい。

第20回神奈川大学全国高校生俳句大賞選考座談会

第20回の選考会は、2017年11月13日、東京・日本工業倶楽部で行われました。
宇多喜代子、大串章、長谷川櫂、復本一郎、黛まどかの
各選考委員があらかじめ最も推薦する5篇（最優秀作品）に◎印、
推薦する65篇（入選作品）に○印を投票。得票結果を各作品の下に明記しました。
（当日、金子兜太先生は欠席されました。）

選考委員の先生方。前列左から、大串章、宇多喜代子、黛まどか、後列左から復本一郎、長谷川櫂の各氏

星月夜幼馴染みの家を見る　　宇多○　長谷川
1　運動会文学好きな君走る　　大串◎　復本○
新涼やペンの音聞く授業中　　黛○

純度が高い

復本　それでは選考に入ってまいります。まずは四点句、五人の選者の中で四名が推している作品から見ていきましょう。

大串　一句目は、星月夜の下の家を見て、幼馴染みを思い出しているわけです。今はどうしているかな、家に今も住み続けているのか、あるいはどこか都会とか外国とかで活躍しているのか。そういう思いを誘うところに、抒情を感じました。二句目は読書ばっかりで文学が好きな人が、運動会ではさっそうと走っている。文武両道を見てはっとするような感じがしていいと思いました。三句目は、授業中一斉にみんながペンを走らせている中に涼しさも感じているということで、それぞれ趣があっていいと思いました。

宇多　一句目の、今はあまり交流がない、幼馴染みの家に、いつも幼稚園に行くとき来たなとか何とか思ったのでしょう。高校生の幼馴染みなんだから、まだそう大昔じゃないでしょうけど。「星月夜」は悪くないですね。

大串　「星月夜」は使いたくなると思います。高校生は特にね。
黛　三句とも背伸びをしておらず、力みがなくて、純度が高いですね。他者への思いやりも感じられます。作者の周辺に常にいい友人関係もあって。ただ全体的に事柄が多すぎるんじゃないかと思います。見る、走る、聞くとどれも動詞が入っていて、ちょっと説明的で個人の事柄が多いところが気になりました。
復本　私もこの作品を選ばせていただいたんですけれども、三句目が気になりました。高校生ってペンを使って文字を書くかな、と。これ俳句のためにつくった作品のような気がしました。一句目、二句目は皆さんが言われたとおりです。特に私は二句目がいいと思います。大串さんは文武両道と言われましたけれども、私は「文学好きな君走る」でおぼつかないような走り。それでも一生懸命走っている。そこに好感を持ってこういう作品が生まれたのかなと。取っていらっしゃらない長谷川さん、いかがですか。
長谷川　はじめの二句について言うと、「幼馴染みの家」、「文学好きな君」というところが非常に散文的で、説明的な感じがします。それと季語の選び方ですね。「文学」と「運動会」が反対のもので、逆につきすぎの感じがしました。
　三句目は、復本さんがペンを使うかとおっしゃったけど、ちょっと出来過ぎの句。これは、大人がいっぱいつくりそうな俳句で、高校生でなくてもつくるだろうという感じですね。

復本　はい、ありがとうございました。この作品をまず残していくか残さないかということですけれども、いかがでしょう。

一同　残してよろしいでしょう。

大人になるための孤独

褌で御輿を担ぐ俺十七
祭の夜コーラと孤独減ってゆく
祭果つ祖父父叔父と飯を食ふ

2

宇多◎　長谷川○
大串○　復本○
黛

宇多　男の子でしょうね。褌姿で、お祭で、十七の俺が御輿を担いでいるという分かりやすい作品。私は特に三句目が好きです。お祭の後に自分の係累と一緒にご飯を食べたというだけだけど。三句ともお祭の句ですが、それぞれにあんまり類がない句で、この作者の顔が見えるような気がしましたね。

大串　私もこの中で三句目が非常に好きでした。祖父と父と叔父と一緒に飯を食べている。御輿を担いだか何か、とにかく祭が終わったら一緒に食べる。これが一番好きで、入選作品としていただきました。

宇多　二句目は「孤独」と「コーラ」という、てんびんに掛けられないその二つが減っていくというところが面白い。

長谷川　これは祭三部作というか、全部祭で統一してありますが、大人になりかけている男の子の感じ、ちょっと背伸びした感じがあって、大人となることによって孤独を自覚し始める感じがよく出ている句だと思いました。一句目は祭というテーマの看板として劇画的に出している句。二句目の、コーラを飲んでいくうちに、だんだん孤独でなくなっていく、祭の中に溶け込んでいって、つかの間であるけど孤独を忘れることができるということなんですが、それをこういう言い方をしているというところが面白い。三句目も祖父父叔父と一緒にご飯を食べているだけなんですが、幻かもしれないけれど、一族の共感みたいなものを確認しようとしているところが面白い。ちょうどこの年頃の子の気持ちが、型どおりじゃなくて実感としてよく出ているところがいいと思います。

復本　一種の男臭さといいましょうかね。祭というテーマで統一して三句をまとめているというところ、好感が持てました。十七歳の青年と祭との関わりがよく出ていると思います。祭好きの一家なんですね。祭になると血が騒ぐ。それが三句目によく出ていて、青年と祭という関係が的確に詠まれている。黛さんは取っていらっしゃらないですが、いかがでしょうか。

黛　そうですね。皆さんおっしゃったように、十七歳の男子が年に一度の祭に接したときの様子がとてもよく見えてくるのですが、三句とも自分自身から、一歩も外に出ていないところが私は気になりました。祭で三句つくるならば、一句ぐらい祭そのものや祭の情趣を詠んでほしかったと思います。

テロとの距離感

3
石榴裂け紙面にミサイルの話
夏の果てよりココア一匙分のテロ
良夜のラジオどこかで紛争の話

宇多○　長谷川○
大串　復本◎
黛○

復本　「石榴裂け」というこの何でもない日常と、「紙面にミサイルの話」という若者の政治的な関心が、まず一句目で素直に詠まれている。「石榴裂け」という季語の斡旋もよろしいのではないかと。二句目の「ココア一匙分のテロ」。この若者は、平和を願う心が人一倍強いのではないかな。全世界から見たらココア一匙分のテロかもしれないけれども、しかし気になって気になって仕方がないのではないかなと。三句目は素直な日常を描いている。ですから三句全体で平和への願いが的確に形象化されている。ひとつのものをテーマとしてまとめ上げている点もいいのではないでしょうか。

宇多　直接自分がその現場にいるわけではなく、全て、紙面だとか、ラジオだとか、そういうものを通して、きな臭いことを実感しているんですよね。二番目の句が「ココア一匙分のテロ」はキザだけれども、何か他のものでなく、ちょっとしゃれた言い方で、加減が分かりますよね。自分にとってのテロの、それが感じられる度合いみたいなものが分かる。

選をするにあたって、最初は十七歳、十六歳くらいがつくったんだと思うことにしているのだけれど、読んでいるうちに忘れちゃうんですよ。でもこういう作品に出合うと、あ、と思って。そこが好きでしたね。高校生くらいでも世界の現状には無関心ではいられないのが当たり前だろうから、それをきちんと捉えているなと思いましたね。

長谷川　これは社会的な問題に絞って詠んでいる。俳句大会をやると特に大人はいわゆる趣味的な自分の周辺の世界ばかり詠んでくるわけで、そういう意味で、僕はこういう関心を持つことは、とても評価できると思います。ただ復本さんがおっしゃった、平和への希求というところまでは僕は感じないんですよね。単に社会で起きていることを俳句にしようとしているという感じがしました。一句目は、「石榴裂け」という言い方が鮮やか。二句目の「ココア一匙分のテロ」というのも、テロの表現として「ココア一匙分」という表現、これはちょっと卓抜したものがあるのではないか。それと三句目は、誰でもつくるかもしれないんだけれども、社会問題というテーマは一貫してますね。

黛　社会問題を俳句に詠むのは、大人でも難しい。そこに十代の今を生きている視点できちんと捉えようとしているところには好感が持てました。ただ、情報でしか知り得ないので、こういう作り方になってしまうのはしようがないんですけれど、紙面のどこかにミサイルの話があったり、ラジオのどこかに紛争の話があったり、夏の果てからテロのことが始まったりと、一つのパターン化してしまっているところが気に掛かりました。

宇多　当然真ん中の句は「ココア」というものを思い浮かべなくてはね。実際にはお子さん方、日常的にこういうことを話題にするんでしょうかね。ミサイルって怖いねとか。

復本　同じ高校生でもこういうものに関心を持っている仲間もいるでしょうし、全く無関心な人々もいるでしょう。ココアの生産地なんかでテロがたまたま起こるとかね、そういうことまで考えながらつくっているのかもしれません。

宇多　これは自分が飲むココアですよ、きっと。ちょこっと入れるんですね。

復本　大串さんは取っていらっしゃいませんけれども、いかがでしたか。

大串　ミサイル、テロ、紛争ですよね。これはまさに現代の危機を表す言葉を取り上げて、うまく俳句にまとめているけれど、本当にこの危険をこの人は感じているのかな。俳句で遊ぶことで終わらせているのではないかな、と思います。その悲惨さとか不幸とかが分かっていないんじゃないかという感じがして、最優秀賞に選ぶのはどうかと。「ココア」は一杯分だったらまだ分かるんだけど、一匙分というのは。

宇多　ちょこっとってことよ。

大串　一匙すくうぐらいの、わずかで、テロの怖さを分かっていない。この紛争にしても「どこかで」というのが、何か遠い。全体的にやや表現することの面白みに走りすぎている。うまいのはうまいですけれども。

復本　ミサイルとかテロとかあるいは紛争をどうやって詩化していくか、詩的にしていくかというときに、俳句の力というか、季語の重さですよね。「石榴」あるいは「夏の果て」、「良夜」と、置くことによって詩になりにくいものを見事に詩にしている。そして、それが他人事かというと、私はこの句には、大串さんが言われたようには感じなかったんですね。自分は今、良夜の中にいるんだけれども、どこかで紛争が起こっている。この若者の問題意識が鮮明に出ているのではないかという気がいたします。

大串　季語との関係で言えば、一句目と三句目の「石榴裂け」「良夜」というのは、ある意味で効いていると思うんですね。ただ二句目の「夏の果てより」という散文的な表現、これはちょっとよく分からない。

宇多　本当のテロだったらココアなんて発想は出てこないですよ。

長谷川　この一匙分と言っているのは、わずかなというのと同時に、おそらく極めて日常のどこかで起こるという意味なんですよね。

宇多　なるほど。

長谷川　だから〈夏の果て〉というのはどこか遠いはるかなところからというような置き方なんですよ。なかなかこれはいいと思います。作者がいるところのどこか遠いところから、ココア一匙分のテロがさっともたらされると。それは極めて異常なことではなくて、われわれがココアを飲んだりミルクを飲んだりコーヒーを飲んだりするような日常的なことであるということを言っているんでしょう。

復本　意外と私はココアが効いていると思います。

長谷川　僕も効いていると思います。

復本　（笑）。ココアだからね、異国の飲み物、で、その異国を思いやってね、「夏の果てより」というのも効いているのではないかなと。「夏の果て」は、ずっとずっとはるか果てという意味も込められての「夏の果て」ではないかなという気はするんですけど。

宇多　もう夏休みも終わりだなという感じかもしれないし。

黛　大串先生がおっしゃっていることはよく分かるんです。距離感ですよね。あまりにも遠いこととして扱っているという。しょせん情報の中でしかないので、事柄との距離感は埋めようがないと思うんです。私はむしろ、季語の取合せに距離感を感じました。「ミサイル」というと「石榴が裂ける」とか、「紛争」の話で「良夜」と逆説的に持ってくるというのが、より距離感を生んでいる気がしました。

復本　やや知に走り過ぎているということですね。だけどこういう問題を詩としていく、俳句としていくには、こういう季語が必要なのではないかと私などは感じるんですけどね。

長谷川　詩をつくろうという意欲が、この作品には感じられます。

大串　詩とはそういうものでしょうか。テロで命を亡くした人の悲しみを思うべきだと思います。旧満州で敗戦を迎え、匪賊に襲われ家を焼き払われて命からがら引き揚げて来た私としては、「ココア一匙分」と言われると憤りを感じます。人の命は大事です。

使いたくなる季語

4

雲の峰ビルの隙間の観覧車　　宇多　　長谷川

雲の峰オレンジのブイ海に浮く　　大串◎　　復本◎

雲の峰めくり忘れたカレンダー　　黛○

復本　次に三点句の内、二人が最優秀作品として選んでいる4です。

大串　「雲の峰」という季語季題を冒頭に置いて、それぞれ違う世界を描いているわけですが、一句目は、写生の目を感じます。最近の都会のビルが林立する中の隙間に観覧車、そういう公園とか何かが見えるというところで、よく目が利いている句だと思いました。二句目には色彩を感じました。ブイがオレンジ色をしている。大きな壮大な雲の峰と対比的に、小さいけれども印象的なブイが目に浮かぶということで取りました。三句目は想像力豊かに、もくもくと盛んにわき上がる雲の峰、海に遊びに行ったり山登りをしたり、とにかく元気に活動してカレンダーをめくるのも忘れていたということで、ちょっとした俳諧味もあって、こういう句が三句の中にあるのもいいですね。

復本　「雲の峰」という雄大・壮大なものに対して、「観覧車」とか「ブイ」とか「カレンダー」とか、全く対照的なものを詠み込んでいて面白い。ごくごく自分の近辺にあるものに注目しながら作品化していくという、一つの典型的な俳句作りの手法ですが、高校生の、特に写生の作品として秀逸ではないかと思います。同じ季語を三句並べるのは、ややいかがかなという気もしますが、それでも一句一句がきちんと自立しているところは評価してよろしいのではないでしょうか。

黛　三句とも難のない俳句だと思います。調べがとてもいいので、雲の峰の雄大や白さ、気持ちのよさなどが、よく出ていると思います。

他方、「雲の峰」をテーマにつくろうとしたあまり、「雲の峰」ではなくても成立しそうなものもありますよね。

復本　宇多さん、長谷川さんは取っていらっしゃらないですが、宇多さんはいかがですか。

宇多　三句目とも「雲の峰」じゃなきゃ絶対にいけないという必然性を感じませんでしたね。特に三句目はね。ただ「ビルの隙間」というのは「隙間」というのがよかった。大人だったら谷間とか何とか言うところを、隙間に観覧車が見えたといっている。あまり、損得でやっているわけじゃないと思いますが、一つくらい違う季語があってもいいと思うのですが、この作者は三つを同じ季語でやっちゃおうと思ってやったのでしょうね。

大串　「雲の峰」を冒頭に置いているでしょう。だから席題で「雲の峰」で三句つくられたのかなと。それぞれ五七五の七五が違うわけですよね。しかも雄大なものと小さいものを対比している。そういう想像力や発想力は、高校生としては大したものだな。

宇多　「雲の峰」が動かないのは一句目だと思うんですよね。三句とも同じでやってみてやろうと思ってやったのか、もう何にでもつく「雲の峰」でやったのか、そこのところでしょうね。

長谷川　お二人がなぜ最優秀賞にされたのか分かりません。僕は全く評価しません。「雲の峰」というのを上に置いて下だけ入れ替えているという感じがするんですね。他の季語も成立しそうと黛さんも言っていましたが、例えば「ビルの隙間の観覧車」の上五なんてもっといい季語が当然考えられるわけでしょう。「ソーダ水」とか「薫風」とか「南風」とか。他の句も一緒で、特に三句目の「めくり忘れたカレンダー」という句の、めくり忘れたのがどう「雲の峰」と関わってくるのか分からない。どうしてもこの三句に同じ季語を並べると習作というか、俳句をつくる途中にいろいろつくりましたという感じがしてしまう。

大串　「雲の峰」が持っているその自然の力を感じまして、夏に大自然の中で、泳ぎ回ったり山登りしたり、活動的なことをしているうちに、家の中につるしてあるカレンダーをめくるのを忘れちゃったと、そういうふうに理解したんですが。

宇多　このくらいの年齢では、夏の雲とか入道雲とは言うかもしれないけど、「雲の峰」という言い方は日常とは全くかけ離れた言葉ですよね。そこが面白くて、新鮮に感じて使ってみたくなったんでしょう。そこは買ってあげてもいいと思う。

長谷川　そうですね。

応援したくなる句

5

まっさらな原稿用紙遠花火　宇多　長谷川
教科書が呑み込めなくて梨の種　大串◯　復本◎
満天へ届かぬ秋の蛍なり　黛◯

復本　一句目は、肩の力を抜いて、すっと作った真っ白な原稿用紙と花火の句ですね。学校の作文の宿題などで書きあぐねて、まっさらな原稿用紙が前にあって困ったなという、そんなときに、遠くで花火の音がしたか、あるいは窓から見えたのでしょうか。二句目は教科書が理解できないという句。梨は種を呑んではいけないのですが、弾みで呑んでしまうとか、すごく面白い。それから三句目、これは満天にきらきらした星が輝いている。一方、秋の蛍。秋の蛍は何となく元気がなくて、とても満天の星までは届かないという、素直な高校生らしい作品。技巧がなく、かえってほほ笑ましい。応援したくなるような作品です。

大串　一句目ですけども、まっさらな原稿用紙を目の前に置いて、遠花火を聞いているか見ている。これからどういう思いがその原稿用紙を埋めていくのか。それこそペンを取る前の状況が、その遠花火に表れていると思います。三句目は、満天と小さな秋の蛍との対比の大きさに、高校生は広大な宇宙を想像するかなと、思いました。それから二句目ですが、私は梨の種がどういうふうに効いているのか、よく分からなかったのですが、教科書が呑み込めないというのは、分かりました。

黛　一句目、今の子どもにとっては紙のマスを埋めていくのはすごく大変なことだと思うんです。そこで考えあぐねて、全く筆が進まない状態でいるところに「遠花火」というのが感覚的によく分かる句だと思いました。ただ、私も二句目の「梨の種」をどういうふうに理解していいのか分からなかったのですが、教科書が呑み込めなくて梨の種を呑み込んだとすると、ちょっと理屈になるのではないでしょうか。それから三句目の、秋の蛍だから満天に届かないというのも理屈ですね。

宇多　一番目の句は、まっさらな句ね。今から何か書かれる原稿用紙があって、遠花火が背景にあるのは分かります。しかし、二句目は、「梨の種」って本当に不思議なものが来ていますね。

復本　さきほど私が、呑み込んだと言ったけど、呑み込んだのではなく、梨の種も呑み込みにくいという意味で「梨の種」をつけたのかもしれませんね。中七が上下に掛かるんじゃないですかね。

宇多　いや、上に掛かるんですよ。

復本　下にも響かせているんじゃないですか。

宇多　ああ。「て」だからね。葡萄の種とか西瓜の種とかでしたら種が浮き立ちますが、梨の種というのが出てきたから、意外性がありすぎますね。これは当然「梨」が秋ですよね。

長谷川　この作品には僕も点数を入れていません。なぜかというと、一句目の「まっさらな原稿用紙」と「遠花火」というのもどこにでもありそうな感じがしました。それと二句目の「教科書が呑み込めなくて」については、「て」で切らなくちゃいけないんですよね。教科書に書いてあることが自分はよく分からない。そこに「梨の種」を持ってきたら、復本さんが指摘したように「呑み込めなくて梨の種」と読んでしまう。こういう取り合わせの句の作り方はアウトではないでしょうか。それと三句目の〈満天へ届かぬ秋の蛍なり〉というのは、満天の星とは言うけど満天ということで星空は表せないので、つくるとしたら〈星空へ届かぬ秋の蛍なり〉かなと。

宇多　「かな」じゃないの、これ。

長谷川　「かな」ですよね。「なり」もちょっと変な感じがしていました。

宇多　技法的にこの「なり」はどうですか。蛍であるよと断定しているわけでしょう。

復本　まあ文法的には間違いではないですね。

長谷川　文法以上にこれでいいかどうかが問題です。

宇多　「かな」にするとしょせん届かないんだという詠嘆が出てきますよね。そこまでこの高校生に言うことはないけれども。

復本　「なり」も切れ字は切れ字ですのでね。

大串　まあ、秋の蛍なんだよなという感じじゃないですかね。

復本　「て」は切れ字に準ずるものですから、切れることは切れると思いますけどね。

宇多　ここではっきり切ったほうがいいね。

非常に明るい男女の恋愛

描いてみるか？と素裸で笑ふ彼　　宇多　長谷川◎

6　太陽の匂ひ日焼の腕枕　　大串　復本○

耳に息かかりつつ髪洗はるる　　黛○

長谷川　ちょうどこの高校生というのは、子どもではもういられない、でも大人にもなりきれてないころです。そこにセックスの問題が入ってくるわけです。男の子も女の子も頭の中ではセックスのことばかりで、妄想が渦巻いているのが彼らの特徴ではないでしょうか。これが彼らの年齢的な実態で、こういう性的な句がもっとあっていいと、僕は思うんですよ。一句目は極めてセクシャルな場面ですね。女の子が絵を描いて、その男の子がモデルか何かで素っ裸でいるというような場面でもいいし、ベッドの中で自分の裸を描いてみるかと言っているという場面。そういうことはあるでしょうし、それが見事に、しっかり言葉で定着しているというのは、僕は評価すべきだろうと思いました。二句目は、一句目よりはソフトに描かれているんだけども、要するに裸で二人で寝ている場面ですね。三句目も、これは美容室と考えてもいいけど、同じバスタブの中で男が女の髪を洗ってやっているという句だろうと思うんです。こういう句は僕は大いに評価すべきだと思って、最優秀賞に推薦しています。

黛　私は二句目がいいと思いました。性的なことを詠もうと試みるとどうしても事柄になりがちですが、これは日焼けした腕枕という〝もの〟をぽんと持ってきて、そこにその相手との関係や思いなどをにじませている。逆にすごくセクシーな感じがします。健康的な恋人同士も見えてきます。

復本　健康的で、どこか三島由紀夫の『潮騒』のようでいいですよね。モデルじゃなくて素っ裸になって「おまえ俺を描いてみるか?」と明るいですよね。二句目は、日に焼けた腕で腕枕をされながら太陽の匂いを感じたんでしょうね。三句目は〈洗はるる〉で受け身ですから、シャワーなんかで彼が髪を洗ってくれているんでしょう。そのとき彼の息を感じるという三句とも非常に明るい健康的な若い男女の恋が描かれていて、好感を持ちました。

全体的に力強さのある句がなかったんですが、この作品は非常に力強い句だと思います。

普通の大人だったらこのような俳句はなかなかつくれない。

宇多　お話聞いていたらこれは悪くはないけど、「洗はるる」というのは連体形になるの？

復本　そうでしょうね、連体終止でしょうね。

宇多　「洗はるる耳に息かかりつつ」と循環するのかしら。「洗はる」じゃなくてよいですか。

復本　はい、よいと思います。

宇多　とにかくこの作者は、「雲の峰」とか「星月夜」のような言葉に関心がないんですよ。生身の、今の自分に関心があって、情緒的な季語にあまり振り回されていないですね。一句目の季語にうるさいことを言うならば、これは「裸」でしょうか。

長谷川　そうです。

宇多　二句目は「日焼」で、三句目は「髪洗ふ」で、肉体に即して書いているから、これは反対じゃないです。

復本　宇多さんが言われた三句目ですけれども、これは終止形ではなくて連体形ですけれども、連体終止というのがあっていいわけですからね。

宇多　連体終止、俳句の場合はね。それ、よくあるよね。

大串　あります、あります。多いです。

長谷川　「〇〇〇し」って終わるのは全部そうですよね。

復本　はい。大串さんはいかがでしょうか。

大串　そうですね。私がこの中で一番好きなのは、二句目の「太陽の匂ひ」。とても健やかな句だと思いましたね。日焼けの色が見える感じですね。ただ、問題は一句目で、クエスチョンマーク（?）を入れていますけども、俳句にこういうのを入れるのは、できれば避けてほしい。表現の仕方とか語順の並べ替えとかでうまく意味が伝わるようにするとか、そういう努力をしなくなる可能性があるのではないでしょうか。表現の鍛錬というか、錬磨をするのに、高校生に対して「良し」とすると問題かなと思いました。

復本　皆さまがお作りの現代の俳句において、こういうクエスチョンマークやクォーテーションマーク（'，'）、あるいはエクスクラメーションマーク（!）などの記号は避けるべきなのか、あるいは表現の自由という点から見て、俳句の中に使用しても許容されるのか。長谷川さん、いかがですか。

長谷川　これに関して表現の自由や、日本国憲法まで持ち出す必要はないと思うのですが、例えば折口信夫（釈迢空）の歌でも、読点（、）も句点（。）もあれば、ダッシュ（—）も全部入っているわけですよ。つまりそういうものでいろいろな表現の可能性を探るというのは大事なことだと思います。

一句目にクエスチョンマークが入っていても、僕はこの句の値打ちが下がるわけでもないし、入ってないからといって上がるわけでもない。ただ、入っていることの効果を考えると、この句の中の彼のせりふが、括弧（「　」）でくくったくらい生き生きしてきますよね。これはこれなりに働いているんだろうと思いました。

宇多　句に中黒（・）を入れるとき、一字と考えてもいいくらいの効果があるんじゃないの。

復本　音声が聞こえるような効果はありますよね。

宇多　意味としたら入れなくても分かりますよ。「か」の字で。

大串　俳句にクエスチョンマークのような記号がどんどん入ってきて、高校生が表現の仕方を、記号を入れることで解決してしまうというのは、要注意かなと思いますね。

それから、「彼」が「描いてみるか」という素っ裸でいるというのは、思い上がりというか、自信過剰というか、「自分」を見せつけているような感じがして、ちょっと後ずさりしたくなっちゃいました。

一同　（笑）

復本　黛さん、いかがですか。

黛　記号がなくても通じるなら、ないほうがいいですね。

大串　クエスチョンマークを置いて間を置いて、自分を見せつけている。もう長い時間見せている（笑）。

黛　言われてみれば、クエスチョンマークがなくても見せつけている感じがします。

復本　一糸まとわぬ素っ裸なわけでしょう。健康的といえば健康的だし。

宇多　この作者は男の子じゃない?

長谷川　女の子だろう。高校生というより、かなり精神的に進んでいる目立つ女の子だと思います。

宇多　でも、高校生なのでしょう。高校生俳句なんだから。虚構で書いているのかもしれないですね。

海ぶどうの質感　7

豚の顔売られて涼し島の市　宇多◎　長谷川○

魚市の尾鰭はためく溽暑かな　大串　復本○

秋色やみづの重さの海ぶだう　黛

宇多　豚の顔を売っているなんて、沖縄ですよね。あそこに行くといっぱいある。句にも難がないんじゃないかなと思いました。

長谷川　僕もそう思います。ただ一句、二句目はうまくできすぎていると僕は思うんです。

三句目は素晴らしいと思いました。「みづの重さの海ぶだう」ってみずみずしくて実感のある表現であると思います。

復本　これは三句ともいいと思いますね。沖縄の高校生は今までたくさん句を寄せてくださっているんですけど、豚の顔が売られている、こんなところを俳句化した高校生はいなかったですね。二句目、「はためく」など、やや表現が甘いかなという感じがしますが、一句目、三句目は面白いし、全体としてもマイナス点があるわけではないので、この作品はいいと思います。取られていらっしゃらない大串さん、いかがですか。

大串　悪くはないと思いますね。

復本　黛さんはいかがですか。

黛　三句目がいいと思います。海ぶどうの質感とか塩気などがよく出ていますよね。秋色と合っているんじゃないですかね。

宇多　魚市の尾鰭がはためいている。尾鰭なんて硬くて厚いからはためくものではないでしょうけど、はためくんだよね。

大串　光っているんだと思いますけど。

宇多　ぴかぴかとね、そうでしょうね。きらきらしているんでしょう。

復本　まあそう取ればね。「はためく」も悪くないですかね。

宇多　特異な材料かと思いましたけど、この作者はこういうところに住んでいるんだったら、もうこれは住んでいるところを生かすことです。

鼻輪だらけのインパクト

ジーンズのさまざまなあを夏はじめ　宇多　長谷川
8　南風吹く鼻輪だらけの牛舎かな　大串　復本
叱られてゐる教室の西日かな　黛◎

黛　一句目はちょっと類想があると思うんですが、全体に良く出来ています。特に三句目、教室で叱られていてそこに西日が強く当たっている。朝日じゃなくて西日なんですよね。ただ黙って叱られているけれども、心の中ではものすごく葛藤がある。その葛藤を西日がうまく象徴しています。二句目もかたちとしては整っていないかもしれないですが、牛舎に入ると、ぱっと牛の鼻が並んでいる。生命力や、圧倒されるような匂いのインパクトを捉えています。三句それぞれで違う球を投げることができる、力のある作者じゃないでしょうか。

長谷川　これはみんなできている句なんですよね。ですが、全体的に印象が弱いかな。三句目の「叱られてゐる」というのは先生から叱られているわけだけど、それを叱られているというふうに意識するのは、普段は優秀な人であるということがよく分かりますよね。パンチのなさみたいなのがお行儀良く出てしまったかな。もちろん句としてはそれぞれ僕は悪くないと思います。

大串　これは私はいただいていないのですが、今読み返すと、二句目の「鼻輪だらけ」が面白いなと思いました。われわれがつくっている中だと、黒い瞳がたくさんいるとか、そんな句は見たことがあるんですけれども、「鼻輪だらけ」というのはなるほどという感じがしましたね。

最終選考

復本　それでは絞り込んでいかなければいけないんですけれども、今、皆さんの関心を集めている作品が6番、3番ですね。

宇多　〈石榴裂け紙面にミサイルの話〉。これは入れてほしいと思うな。

復本　「祭」の2番は比較的皆さんの共感を得た句ではないかと思います。入れない方も含めてですね。いかがでしょうか。もしよろしければこの三作品は最優秀賞にしたいと思います。順番にいきます。残る二作品をどうするかということになるんですけれども、いかがですか。

復本　〈魚市の尾鰭はためく溽暑かな〉の7番はいかがですか。この句いいと思いますけど。

長谷川　ええ。

復本　これで四つにしますか。

長谷川　そうですね。

宇多　これを入れていただくとうれしい。私これ好きだなと思って。

大串　私は取ってはいませんけど構いません。

宇多　そうしたら、◎に取っているので大串さんがお取りの〈雲の峰〉とか、黛さんの〈ジーンズのさまざまなあを夏はじめ〉を入れたら。

復本　六作品になりますのであと一作品、どちらかです。

大串　これは取っていない人が決めていただいたほうがいいですね。私は4の「雲の峰」を取っているからこっちを入れちゃうから。客観的に決めていただいて。

宇多　私は取ってないけど、体験がうんぬんじゃなくて、こういうふうに「雲の峰」という言葉のほうから興味を持ってきたという、こういう試みも面白い。

大串　「雲の峰」で連想を広げているという一種の挑戦ですかね。

復本　こちらも最後の一作の候補にと思いますが、1の作品は四名が取っているんですよね。

〈星月夜幼馴染みの家を見る〉の作品ですね。

宇多　いいわね、この「星月夜」。

大串　四名が取っているというのはね。長谷川さんが許してくれれば。

長谷川　お任せいたします。

宇多　じゃあこれでいいじゃない。「ペンの音聞く」ね。

復本　はい。では、これで決まりです。

宇多　ええ、タイプが違う句がいっぱいあっていいですね。

長谷川　いいんじゃないですか。

復本　では復唱させていただきます。入選句です。まず1〈星月夜幼馴染みの家を見る〉〈運動会文学好きな君走る〉〈新涼やペンの音聞く授業中〉。2〈褌で御輿を担ぐ俺十七〉。〈祭の夜コーラと孤独減ってゆく〉。〈祭果つ祖父父叔父と飯を食ふ〉。3〈石榴裂け紙面にミサイルの話〉。〈夏の果てよりココア一匙分のテロ〉。〈良夜のラジオどこかで紛争の話〉。6〈描いてみるか?と素裸で笑ふ彼〉。〈太陽の匂ひ日焼の腕枕〉。〈耳に息かかりつつ髪洗はる〉。7〈豚の顔売られて涼し島の市〉。〈魚市の尾鰭はためく溽暑かな〉。〈秋色やみづの重さの海ぶだう〉。以上五作品ということでよろしいでしょうか。はい、ありがとうございました。

事務局　選考をありがとうございます。それぞれのプロフィールを申し上げます。1は秋田西高等学校2年生の男の子、2は金沢錦丘高等学校2年生の男の子、6は済美平成中等教育学校6年生の……

宇多　男性でしょう？　そんな感じがしたわ。愛媛県のあの優秀な子？

事務局　前回も最優秀賞をとっています。

長谷川　騙された（笑）。

宇多　作家なんだわ。既に。

事務局　そして3は熊本県の熊本信愛女学院高等学校2年生女の子。7は沖縄県の浦添高等学校3年生の女の子です。以上でございます。ありがとうございました。

入選作品

計53名、65作品が選ばれました。
同一作者の2作品目以降には★印を付けました。
各作品に恩田侑布子氏の寸評をつけました。

城田有梨　北海道・旭川東高等学校2年

その歌手の息継ぎの音冬菜摘む

秋澄むや魚眼レンズに利き目当つ

信号機みな消えてゐる祭かな

みずみずしい感性の作者です。「その歌手の息継ぎの音」を「冬菜摘む」が受け止める驚き。切ないほど清らかな歌手の息に有梨さん一人の空間が静かに重なります。「秋澄むや」は魚眼レンズに当てる利き目でいっそう怖ろしいほどの澄み方に。三句目は消えた信号機が祭の非日常性を一瞬に提示します。冴えた句風です。

城田有梨　北海道・旭川東高等学校2年　★

白靴の空へ飛び出す逆上がり

空を撮る画面に何もなく涼し

夏立ちて橋の上下に空ありぬ

前ページと同一作者です。「白靴」は夏空にズックの先端だけが見える斬新な構図。「空を撮る」は夏空が主役の写真を涼しいと感受する若さ。三句目は立夏の橋をこれ以上ないシンプルさで描き出し、北海道の天地が橋の直線から一気に広がります。どれも現実の把握がシャープで、表現に切れ味があります。

仁和玲於那　青森・七戸高等学校3年

除雪車の巻き上げていく雪煙

山車を引く父の上腕二頭筋

出稼ぎに旅立つ祖父や風光る

青森の風土に根付いた堅実な作品です。「除雪車」はやや平凡な展開ですが、「山車を引く」は父を出したあと「上腕二頭筋」まで焦点を絞り上げ有無を言わせぬ力強さがあります。「出稼ぎに」ゆくのが父でなく祖父である現実は厳しい。それを「風光る」の季語で受けとめ、爺ちゃんもオレも頑張る潔い決意へ反転させました。

菅原はなめ　岩手・水沢高等学校3年

踏切の音のぼやけて大西日

どっぷりと西日に浸かる厠かな

人の死で終はる映画や大西日

個性的な「西日」の連作三句。同じ季語だと同工異曲になりがちですが、どれも彫りの深い別趣の表情を持っています。「踏切の」カンカン鳴る癇症な音が夕焼をまぶした西日にぼやけるとする感性は非凡です。「どっぷりと」も西日に浸かる感傷を「厠」が見事にひっくり返す。継起する時間を描ける恐るべき十代です。

高橋 綾　岩手・水沢高等学校3年

どしゃぶりに飛び込む二人夏来る

新宿の臭気を吸いし夏の蝶

踏切の音夏海を越えて行く

圧倒的な若さがはちきれています。「どしゃぶり」も意に介さず飛び込んでゆく二人の夏の輝き。「新宿の臭気」とはよくぞいってくれました。この夏蝶は粉っぽい緑のアイシャドウをつけていそう。「踏切の音」が夏の海原を越えて行くなど、大人には出来ない発想です。勢いが五七五の定型をライブ感のある劇場に変えています。

軍司彩里　岩手・水沢高等学校2年

境内に響く警策苔の花

寒稽古踏み込む足の余韻あり

亡き祖母の座布団に射す西日かな

これから永く俳句をやっていく上で足腰となる写生が出来ている作者です。どの句も危なげがありません。禅寺の「境内」を満たす張り詰めた空気に初夏の苔の花のうるおい。「寒稽古」の足に残る余韻は身体とともに精神を浸す余韻でしょう。「亡き祖母」にまた会ってやさしく労りたい思い。精神の成熟が句品になっています。

佐々木悠奈　岩手・水沢高等学校2年

幼き子そっぽ向きたる初写真
ねんねこの手が母の指握りおり
痛む喉母の手づくりはちみつ湯

母子がテーマの三句です。お正月の記念写真にそっぽを向く幼子も、「ねんねこ」に負ぶわれながらなお小さな手を出して母の指を求める甘えん坊も、作者にはいじらしくてたまりません。三句目は、そんな作者自身が母のはちみつ湯で癒やされるのです。親子の情愛の細やかさが存分に表現され、読者の胸も温めてくれる作品です。

三部愛結　宮城・仙台白百合学園高等学校2年

あくびするように風船空高く

短夜や姉の寝言に返事して

姉とまだケンカしてたい檸檬食う

俳句という文芸は詩と俳で出来ています。愛結さんの句は俳に傾き、読者の頬を自然にゆるませます。「風船」が上ってゆくのを「あくびするように」と形容したひとは初めてでしょう。夏の「短夜」に姉の寝言に返事していたら寝る間はあったのでしょうか。「檸檬食う」のはもっと姉と喧嘩したいからとは。天然の諧謔躍如です。

進藤凜華　秋田・秋田西高等学校3年

我の名を何度も問う祖父夏の暮

ゴキブリと目が合う国語課題中

新涼や黒板の音響きたり

現実をしっかり見る俳句の眼が育っています。一句目の祖父は認知症かもしれませんが「夏の暮」の季語がなんともやさしい。「ゴキブリと」視線が合ったのは国語の高度な評論文にでも取り組んでいたときでしょう。諧謔の味のわかる作者です。三句目はうって変わって格調が高い。初秋の教室の緊張感を調べも美しく素描します。

赤沼ななみ　福島・福島西高等学校1年

どれもいびつ自作のちまき輝くよ
除染着を休みなく着る父に夏
放射能を知れ桃を食う妹よ

端午の節句に笹の葉で巻いた自作のちまきはいびつでも初夏の陽光をはじいています。二句目は一転して福島原発汚染。除染現場で日々作業する父に来る「夏」の重さを、わたしたちは斉《ひと》しく分かち合いたいと思います。西王母の不老長寿の伝説をもつ桃も汚染の虞れを免れません。無邪気に桃にかぶりつく妹に警告を発する哀しみ。

大森一輝　茨城・結城第二高等学校3年

億千の闇の深さや星祭

ボイジャーは今どの辺り星今宵

自転車に眠る野良猫星祭

三句とも宇宙との交歓をうたって詩情豊かです。一句目はそれぞれの星に億千の深い闇があるというのでしょう。二句目はNASAの無人探査機に想像を馳せた「星今宵」の静穏が美しい。白眉は三句目。自転車カゴにちゃっかりと眠る野良猫をみつめる眼差しのぬくもり。七夕伝説など知るよしもない宿無し猫のなんという可憐さ。

大森一輝　茨城・結城第二高等学校3年　★

中指のペンだこ堅し雲の峰
履歴書の欄をはみ出し晩夏光
先生の暴露話や獺祭忌

実直な句柄です。「中指のペンだこ」の堅さは勉学の証。「雲の峰」が自立への意欲を語ります。「履歴書の」欄をはみ出すのは部活の記録でしょう。「晩夏光」が黄金の光を帯びています。三句目は先生が腹を割って昔のワルぶりを話してくれたのでしょう。風雲急の明治初頭を全力で生きた子規の青春がかぶさる感動があります。

飛澤優希　茨城・結城第二高等学校3年

スパイクに躍るグランド夏来たる

切り返す竹刀の先や夏来たる

夏来たるはちきれそうなリュック負う

前向きな姿勢が好感を呼ぶ「夏来たる」三部作です。一句目は履物ではなく、グランドが躍るとして詩が生まれました。二句目も「先や」の切字に火花の散るパンチがあります。三句目は登山に出発する朝でしょう。「はちきれそうな」に期待が滲み、作者は登山のみならず未来に大きく漕ぎ出そうとしていることがわかります。

宮坂一輝　東京・海城高等学校3年

ゆく夏の軽トラックの土埃
即興のピアノのやうに夏終る
夏果ててガムシロップをもてあます

感性のよさが光る三句です。「ゆく夏の」は軽トラックに着目したところが出色。巻き上がる土埃に等身大の味が出ました。二句目は夏果てを「即興のピアノ」演奏に喩えた意外性の勝利。直喩はこのくらい大胆に意表を突いてという見本のような句です。三句目は都会的で「もてあます」の措辞が大人びたアンニュイを伝えます。

平野智士　東京・開成高等学校3年

白靴や伽藍にはるかなる乾き
香水の強し宝物殿昏し
本堂へ全きみちや鳳蝶

俳句の骨法の一つ、対比を知悉《ちしつ》した作者です。乾いた「伽藍」に対置された「白靴」はヌメッとなまなましい。きつめの「香水」は女の生身の身体を、昏い「宝物殿」は死者たちの過去の文化を感じさせ、へんにエロチックです。三句目の中七「全きみちや」は巧み。如来像の待つ本堂へ急ぐ蝶が仏国土を荘厳する眷属《けんぞく》のようです。

渡辺 光　東京・開成高等学校2年

ぼうたんのまはりの闇の湿りたる

伴奏の少女をつつむ卒業歌

清明のセロことごとく震へけり

九句入選の作域の広い作者です。「ぼうたんの」は感覚の優れた句。じっと牡丹と対峙する時間がなければこうは詠めません。「伴奏」の少女は卒業しないのでしょう。少女のピアノと男子校の卒業歌が青年前期の抒情を醸します。「清明の」チェロは、やや季語にもたれかかってしまいましたが、調べの美しい作品です。

渡辺 光
東京・開成高等学校2年 ★

根号は崖のごとくに夏来る
ちちははの丸き背中よ冷し瓜
千万の文字の灼けつく礎《いしじ》かな

「根号」は√記号。崖のように立ち塞がる数学の難問に挑戦する意欲が「夏来る」の季語に託され頼もしい。二句目は西瓜を囲む家族の食卓で父母の老いにはっとした瞬間です。「千万の文字」は沖縄の平和祈念公園の慰霊碑に刻まれた死者の名前。「灼けつく」思いをわがいしずえにもしようという季語の二重性に成功した俳句です。

渡辺　光　東京・開成高等学校2年　★

ジーンズのさまざまなあを夏はじめ

南風吹く鼻輪だらけの牛舎かな

叱られてゐる教室の西日かな

「ジーンズ」の青の濃淡に夏の到来を感じる若さ。「南風吹く」梅雨明けの牛舎は、銀色の鼻輪以外のものを捨象して明るい情景を浮かばせます。「叱られてゐる」は完成度が高いぶん、やや季語の本情をなぞった感があります。感覚の芳醇を生かして、今後は格に入りて格を出でる方向を目指してください。

久米佑哉　東京・立教池袋高等学校3年

炭酸のプルタブ固き秋の暮

柴犬の乾かぬ舌や秋の空

藍の花介護施設の午後しづか

九句入選。定型感覚を縦横に体得した作者です。「炭酸」飲料と秋の暮は一見不似合いですが、固いプルタブに焦点が絞られ釣瓶落としのもどかしさが伝わって来ます。「柴犬の」は否定法を使って逆に犬の舌の桃色が秋天に立ちあがる達者な作。「藍の花」の深い表情によって介護施設の四字熟語が命をもった存在になりました。

久米佑哉　東京・立教池袋高等学校3年　★

金網に体を預けて夏の雲
短夜や揺りかご包む波の音
ひと息に吊り橋渡る盛夏かな

一句目と三句目が出色。金網に身を擦り付けて迫る夏雲を「体を預け」とした中七のフレーズに脱帽します。「短夜」は「包む」の動詞がやや冗漫でしょう。「ひと息に」は、若さのエネルギーが座五の「盛夏かな」の切字までそれこそ一気に詠み下され、吊橋を吹き渡る緑風さながらの爽快感です。

久米佑哉　東京・立教池袋高等学校3年　★

白鳥のやはき水輪の上にゐる
コピー紙に残れる熱や春の雷
コーヒーの湯気はまつすぐ春眠し

三句とも理屈を離れすばらしい。「白鳥の」やわらかい姿がまるで無重力のように浮かび上がります。「コピー紙に」はたくさんコピーした時の感触でしょう。「春の雷」の季語の斡旋は鮮度が高く動きません。大人が逆立ちしてもできない躍如たる十代の感性です。「コーヒーの」は、ひねりが効いた句。ところが何とも柔軟です。

吉澤孝弥 東京・立教池袋高等学校3年

タクシーに女の消ゆる春の闇

東京の闇揺さぶりし稲光

家までの身に闇帯びて夜学生

同じく九句入選の個性的な作者です。「タクシーに」は春の闇に消える女の白いふくらはぎの残像が上質なエロティシズム。「東京の」は固有名詞が動かない奥行きのある句。現実の夜の闇以外にもっと奥深い人間どもの闇が揺さぶられます。三句目は一転、中七が秋夜のいっそう濃い闇を暗示し夜学生への深い共感を滲ませます。

吉澤孝弥　東京・立教池袋高等学校3年　★

団子屋に人のちらほら梅日和

女絵を買ひたる紳士梅日和

牛丼を大盛りにして梅日和

「梅日和」三部作は絵巻物を手繰るよう。

一句目は「ちらほら」が団子屋にも梅林にもかかって空気を清雅にしています。二句目の「女絵」は美人画ですが、あぶな絵も思わせ「紳士」の含蓄が深い。老成した視線に驚かされます。三句目は作者の素顔を初めてのぞかせて微笑ましい。「大盛り」の牛丼にひと筋の梅の香が上品です。

吉澤孝弥　東京・立教池袋高等学校3年 ★

霜月ややたらと多き値切り品

いつからか顔見知りなり寒鴉

霜月や長年通ひ詰めし店

難しい季語「霜月」も作者は掌状に運《めぐ》らす珠のよう。一句目は賞味期限間近の格安ワゴン品を掬い取り、霜月と対比させました。二句目。「寒鴉」もこういわれては真っ青。三句目は句歴半世紀の俳人の作かと見紛うほど手慣れた句風。見事なつけ味です。俳句という奔馬をやすやすと柔軟に乗りこなし、大器を感じさせます。

矢田安侑子　神奈川・麻生高等学校２年

まっさらな原稿用紙遠花火
教科書が呑み込めなくて梨の種
満天へ届かぬ秋の蛍なり

一句目はまだ何も書いていない原稿用紙の前に座る作者に遠花火が聞こえて来ます。夏の夜空にうぶなときめきが感じられます。二句目の「梨の種」は、小さい黒い粒が教科書の難解さに重なってユニーク。サクサク嚙みこなしたいのにという思い。三句目は満天「の星」を省略し舌足らずですが、切ない。繊細な感性の作者です。

岩下遼平　神奈川・神奈川大学附属高等学校1年

字は読めて心は読めぬ心太

僕だけを見ていてくれよ扇風機

里帰り文字通り僕は蚊帳の外

俳味を知っている作者です。一句目。本でも手紙でも字面はスラスラ読めるのに、その心はうかがい知れないことがあります。心機一転、透明な心太で涼をとる小粋さ。首振りの「扇風機」にまるで恋人のような言葉をささやくとは乙な男です。三句目はなぞなぞ。Q.なぜ「文字通り」なのか。A.中七が字余りで型の外です。

日高美朝　神奈川・公文国際学園高等部2年

雲の峰ビルの隙間の観覧車
雲の峰オレンジのブイ海に浮く
雲の峰めくり忘れたカレンダー

「雲の峰」三部作は「もの」で迫って映像喚起力に優れます。一句目はせせこましいビルの谷間の観覧車という特異な観点が都会的。二句目は白とオレンジと青の三原色が鮮やか。しかも中心のブイが揺れている画面が面白い。三句目は雲の峰と先月のカレンダーの対比。どこかに置き忘れた月日があるような放心に詩情があります。

小林彩恵　神奈川・慶應義塾湘南藤沢高等部1年

瓜の馬何も知らずに作る子よ

鉦叩戸に挟まれた不在票

初茸や店のパスタの茹で具合

一、二句目を買います。「瓜の馬」は小学校低学年の工作のようです。割り箸を胡瓜に挿す幼子は楽しそう。子がはしゃげばはしゃぐほど、亡き人の面影が離れず、その魂を迎える乗り物であることに作者の哀しみはまさります。帰宅しても「鉦叩」の音と不在票が待つばかり。淋しさを聴覚と視覚、触覚に託し説得力があります。

小松大晟　神奈川・横須賀大津高等学校2年

勉強をする日しない日しない夏

悪天候けれど楽しい夏祭り

木を削り粉に塗れた夏休み

大らかさが魅力的。一句目は勉強をする日もしない日もあるけど、夏はしないいんだ〜と居直ります。二句目は句頭に「悪天候」と来るので読者は一瞬ゲンナリしますが、作者はものかは。何があっても夏祭りは楽しい。リズムもビート感覚です。三句目も実に軽快。木の挽き粉《こ》がパウダーシュガーのよう。明るさに花がある作者です。

伊集院亜衣　神奈川・横浜翠嵐高等学校2年

夏痩のいかにも薄きふくらはぎ
白服で乗り込んでゆく新幹線
砂浜に謎のでこぼこ夏の海

一句目は「夏痩のふくらはぎ」の感覚がいいので、中七の説明過多をひと工夫したいところ。二句目も中七の複合動詞がやや説明的。もう一歩映像が浮かぶ表現にしたいところ。三句目は面白い。人とも動物とも宇宙人ともわからないでこぼこが夏の砂浜のワクワク感を演出します。

伊集院亜衣　神奈川・横浜翠嵐高等学校2年　★

鏡台を行ったり来たり初浴衣

漫然ときれいなクロール見つめをり

三つ編みを編みては解く花火の夜

ハイティーンの女性ならではのしなやかな作品。特に三句目が出色。「花火の夜」に出かけるため三つ編みを編む。いつもはうまくゆくのになぜか決まらない。もう一度。ああまたイマイチ。気ばかりあせる。浴衣姿に三つ編みのわたしに彼がほおっと頬を緩ませる瞬間が近づく。三つ編みのうねりに花火の菊花が映発して華やか。

野澤みのり　神奈川・横浜翠嵐高等学校1年

弟に白服着せて帰る里

原爆忌知らぬ弟目はテレビ

逆さまに見た空の青夏来る

高校一年生らしい初々しい作品。一句目はお姉さんぶりを発揮してかわいい弟の素直さを際立たせました。三句目がいい。逆立ちとせず「逆さまに見た空の青」で景が大きくふくらみました。そうか。逆から眺めるってステキ、と気づいたのです。ちょっぴり大人になった初めての夏が、あおあおと清潔にやって来ます。

長谷川愛奈　神奈川・横浜翠嵐高等学校1年

香水がふわりと築く境界線

手で作る望遠鏡に雲の峰

寂しくてアイスコーヒーに足す砂糖

俳句を始めた初心のトキメキがすてきです。「香水が」は中七の「築く」の措辞が光ります。二句目が眩しい。友だちとふざけて手で望遠鏡のかたちをつくり真夏の積乱雲を覗く。レンズが入っていないのに、俄に雲の峰が自分の身体に飛び込んできた。なまの迫力にドッキリ。ちょっとした見方一つで世界が違って見える喜び。

内田賀子 神奈川・横浜雙葉高等学校3年

夕焼けに背中押されて家路かな
お帰りと卓に焼きいも母のメモ
秋桜の花にうもれた笑顔かな

日常のささやかなことがらを俳句になつかしく掬い取りました。一句目は「背中押されて」という体性感覚に実があります。夕焼と言葉なき会話をするよう。二句目は語順にセンスを感じます。まず「お帰り」という声。次に「焼きいも」。最後に「母のメモ」がありほっこりさせられます。イモ、メモと踏まれた脚韻も効果的です。

小川楽生　石川・金沢大学人間社会学域学校教育学類附属高等学校2年

分からなくなって寝転ぶ十五の夏

10℃程の心充たせよ立夏の夜

花火のごと生きたいとぼやいて夏

思春期の屈折した心情を吐露し存在感ある三句。一句目は〈不来方のお城の草に寝ころびて空に吸はれし十五の心〉とうたった啄木への唱和としても出色です。「10℃程の心」は自己把握の独自性。三句目。花火のように華やかな一生に憧れる一方、それは寝言と気付く余裕。夏本番に入る作者の未来に声援を送りたくなります。

林腰杏優　石川・金沢大学人間社会学域学校教育学類附属高等学校2年

木下闇ぬければ赤き鳥居かな

青苔やしたたる水に色を変え

天城よりはるか富士みる夏の霧

鮮烈な色彩感覚の三句です。「木下闇」の黒ずんだ緑葉の温気《うんき》から突如鳥居の赤が立ち上がった驚き。「青苔や」の切字「や」は、苔の碧から滴るピュアな雫に魔法のようないのちを宿らせます。伊豆の「天城」から仰ぐ富士を夏霧がゆすぐ白と水色の清浄《しょうじょう》この上ないグラデーション。

白井千智　石川・金沢錦丘高等学校1年

母の乳房豊満なりし早苗月

星月夜さへぎるものの無い集落

渡り鳥地図に無い町知りたるか

上質なリリシズムがあふれ将来が楽しみな作者です。「母の乳房」は、やわらかな字余りを「豊満」へゆるやかに展開させながらみずみずしく大きないのちの「早苗月」に着地させます。しなやかに引き絞られる梓弓を見るような美事な俳句です。「星月夜」は星屑に吹かれる山上の集落。「渡り鳥」の疑問形は胸にあふれる憧憬です。

伊藤桃子　山梨・日本航空高等学校2年

草笛を吹いて湖なき島愛す

小鳥来る島に一つだけのポスト

卒業の日の登校の水尾の濃く

「湖なき島」は面白いがややあいまい。二句目後半も句またがりにせず、定型の調べに乗せたほうが秋の気配が濃くなりそうです。三句目が秀逸。先輩たちが卒業する朝。川に浮かぶ鴨の曳く水尾が空を映してひときわ長く濃く感じられます。十一音もの○母音が荘重な別れを予感させ清らかなリリシズムあふれる作品です。

宮野皓輝　岐阜・大垣商業高等学校3年

また一人知らぬ糸瓜がやってくる

論争がない日などない獺祭忌

六畳に文机だけ子規忌かな

「また一人」がまさか「知らぬ糸瓜」とは。しかもぶらりと何食わぬ顔でやって来る。こうした逆襲の面白さこそ俳句文芸の懐の深さです。二句目。子規の短命ではなく、精力旺盛な論争の展開に着目し、子規忌ではなく「獺祭忌」を斡旋した手腕。三句目はしんみりと真面目。異色の視点と呼吸をもち、将来が期待される作者です。

濵本蔵人　岐阜・飛騨神岡高等学校2年

ひっそりと深呼吸する海月かな

水海月「私はどこにいるでしょう」

ミサイルの落下地点にああ海月

作者が海月になり切った読ませる海月シリーズです。「ひっそりと」は潮に溶け込んだ透明な海月を思わせます。その「水海月」の独白がおかしい。「私」はひとから見えないだけでなく自身にも居場所がわからないのです。なのに「ミサイルの落下地点に」居たとは。自我と向き合うことで現代社会への深い批評眼を得た秀作です。

玉腰嘉紘　岐阜・飛騨神岡高等学校1年

陰に入り近づく羽音の残暑かな

弟の手を引く帰路の大西日

流星の雨一身に受け眠る

二、三句目に注目。「弟の」は、どこからの帰路かを言わないことで、かえって大西日の余韻を深くしています。「流星の」は、流れ星を大胆に「雨」としたことで、すさまじいほどの星空が目に浮かびます。しかも中七で「一身に」と畳み掛け、流星を独り占めする宇宙との一体感を打ち出し、熟睡のゴージャスを印象づけました。

鈴木もも　愛知・安城高等学校3年

紫陽花と飛び込めそうな曇り空
木洩れ日とこぼれおちたる藤の花
兎の目のぞきこむ目を映したる

草花や小動物との交歓を日本画のような透明感あるタッチで描く句風です。「木洩れ日と」で、若葉を洩れる翠の空気に、湿った胡蝶のような藤の花の質感がきざまれます。「兎の目」はまあるくて可愛い。のぞいてもいやがりません。そこに覗くわたしの目が映ったのです。「たる」の連体止が珠玉の世界をつくり出しました。

塚下二千菜　愛知・安城高等学校3年

凍る間もなく傷つきし氷車かな

サイダーを飲み干し親を思ふ旅

蜉蝣は知らぬか夜空の星たちを

陰影に富む繊細な句柄です。「サイダーを飲み干し」てスッキリするのではなく、家にいる親を今頃どうしているかなと思いやります。浮遊のいのちの「蜉蝣」に向かい「夜空の星たち」のあの広大な美を君は知らないのかと問いかけます。自我を他者に開放するやさしさが俳句のこころであることを二千菜さんは知っています。

中川かざね　愛知・安城高等学校3年

朝刊の重さ感じる年始め
あちこちで読み合ふ声す初御籤
卓上の小さな幸せ福笑ひ

一句目。新聞を読む習慣がなければ詠めない句です。郵便受けから手にした元旦の朝刊のずしりとした量感はそのまま社会と作者との充実した関係を思わせます。二句目も度量が広い。十代の初御籤なら自分のことで手一杯なはずなのに、大勢のひとの読み合う声に反応しています。三句目の「幸せ」に豊かな人間性を感じます。

佐野ひより　愛知・岡崎東高等学校1年

ピアニッシモ鍵盤に百合の花びら

負けた日のタイルの流し髪洗う

かまきりの野菜のような背をつまむ

「ピアニッシモ」で極めて弱く鍵盤を撫でるように弾いていると、はらりと百合の大きな花びらが散り零れます。試合に「負けた日」はお風呂を待たず、すぐタイルの流しで髪を洗い流します。「かまきり」は緑の野菜のように静か。つまんだ瞬間に斧を振り上げなければ。三句とも鮮度の高い把握と詠みぶりが魅力的です。

柴田桃香　愛知・幸田高等学校3年

炭酸は自転車に揺れ雲の峰

朝礼をさぼる男子や夏の山

指導室に面接の声雲の峰

気性のさっぱりした作者です。一句目が素晴らしい。「炭酸」飲料は自転車の片手運転で飲まれています。雲の峰まで若さに揺れて。「朝礼をさぼる男子や」は、その勇気が羨ましい。退屈な朝礼より緑滴る夏山は何倍も美しいから。「指導室」の面接を雲の峰が見下ろしています。人間の営みを大自然の中で相対化する視座の健康さ。

渡邉一輝　愛知・幸田高等学校3年

採石場ジュラ紀白亜紀草田男忌

腐草蛍となり恐竜は鳥に

光速度不変の原理月の影

詩の跳躍力が抜群の三句です。「採石場」から切り出されるのが恐竜時代の石や白亜紀の石なのが愉快。ところが句末に地質とは無関係の「草田男忌」のどんでん返しが待っています。脚韻キキキを調子良く読んだ一息後に読者は莞爾《かんじ》とさせられるのです。俳句史上に鮮烈な一時代を画した草田男への時空を超えた讃歌に。

牛田大貴　愛知・名古屋高等学校２年

銀漢の終点として新都心
寒林のそれぞれ星を持ってをり
シリウスを志したる航路かな

秋から冬の星々との語らいから、都会、山、海の三つの別趣の場面を造型しました。「新都心」が銀漢の終点であるとは二一世紀的な感性です。フロンティアを失った未来都市が目の前にあります。二句目は幾つもある「寒林」。現実と夢の境にある宇宙的な森です。三句目は、自らを天狼へ至る航路に位置づけ前途遼遠です。

細井淳平　愛知・名古屋高等学校2年

自転車で祖父宅へ訪う柿日和

春うらら祖父の遺ししピース缶

春浅しささくれ多き祖父の指

胸打たれる祖父詠です。「柿日和」の青空はお爺さんの渋いやさしさにぴったり。「春うらら」というのんびりした季語に遺品となったピース缶が哀れな反面、紫煙をくゆらせていた満足げな顔も浮かびます。三句目がいい。過去の思い出にせず、労働の指を眼前に彷彿とさせ「春浅し」とかぶせたところ。一枚の肖像画のようです。

工藤真里奈　大阪・高津高等学校1年

変化なく電車にゆられる夏の日々
夕焼けや私の心のよりどころ
スーパーの魚売り場に秋の声

日常を虚飾なく俳句にしています。平常心は大事ですが、一句目はひと工夫欲しいところ。二句目の率直さがいい。ふつうは眺める「夕焼け」が「心のよりどころ」とは意外性があります。ひとを傷つけず空も川も町も黙って茜色に染めるやさしさに人格の理想をみているのでしょうか。単純化もここまで極まると心に残ります。

松本梓紗　和歌山・桐蔭高等学校2年

桜餅少し涙の味がして

枯れてなお残る百合の香祖母の墓

臨終を伝えた医師よ赤とんぼ

三句とも調べに肉声がこもっています。「桜餅」の甘さを引き立てる葉の塩気を「少し涙の味がして」と声調までほのかな花の色に溶け込ませました。ちなみに筆者にも〈むかしむかしのなみだのにほひさくらもち〉があります。「枯れてなお」は百合の花を愛した祖母の面影を伝え、「臨終を」は「よ」の切字がやさしく適切です。

花房あすか　岡山・クラーク記念国際高等学校 岡山キャンパス2年

姉と同じ香水の髪猫寄らず

遠征は昨日で終はり髪洗ふ

花野で叫ぶ映画監督ゐたり

どれも高校時代の生き生きしたメモリーです。背伸びして「姉と同じ香水」をつけてみたのですね。「髪」で止めた名詞の切れが手柄です。いつも擦り寄って来る猫が通り過ぎ、敬遠された黒髪が残像としてかがやきます。三句目は句またがりの手法が効果的。「花野で叫ぶ」という一種の抽象化が句の景を大きくしました。

大島穂乃花　広島・広島高等学校3年

地下鉄の少女夏服ビートルズ
誰も死ぬな林檎を隙間無く齧る
信号待ちからはじまる九月かな

二、三句目に注目。「誰も死ぬな」という命令形が祈りの叫びとして立ったのは、「隙間無く齧る」の荒削りな措辞がかえって気持ちの切実さを伝えるからです。世界情勢に胸を痛める作者はきっと社会に貢献する大人になるでしょう。三句目は、定型を崩した頭の十二音が夏休みの終わった気だるさを体性感覚で表現しています。

畠山 円　広島・基町高等学校3年

青嵐バイリンガルの転校生

炎天や背すじ伸ばして高野山

八月のヒロシマ響くJアラート

特に一句目の季語の斡旋があざやかです。「青嵐」は教室に吹き込むと同時にバイリンガルの転校生の隠喩でもあります。同級生の驚嘆と異文化への憧れが深緑をわたる風に託されています。二句目は虚子の句〈炎天の空美しや高野山〉があり、中七の「背すじ伸ばして」の勝負ですが、作者の歴史への畏敬の念に好感が持てます。

芳岡未那　山口・徳山高等学校3年

春めくや私に命二つあり
うららかやふと胎動を感じをり
流星や受精卵ひとつ紛れる

ドキッとさせられる三句です。想像の作でも現実でも俳諧自由です。表現された通りを味わうことにします。「春めくや」は子宮に宿った赤ちゃんと二つになった命のよろこび。二句目は「ふと」が弱い。現実だとしてもリアルではありません。「流星や」は面白い。今まで流れ星が受精卵だなんて言ったひとはいないでしょう。

西村陽菜　山口・徳山高等学校2年

性別を暴く制服百合白し

性という製造番号七変化

風鈴やスカートを脱ぎ捨てる部屋

ジェンダー論盛んな現代にタイムリーで勇気ある三句です。「性別を」は、男か女か制服によって真っ二つに区別されることへの抗議です。LGBTの誰もが白百合なのです。二句目はさらに過激でパンクロックの面白さ。LGBTたった四種類。甘いぜ。三句目はスカートを脱ぎ捨てた身体に「風鈴」が涼しげ。

藤本晴香　愛媛・今治西高等学校3年

友だちに合はせて好きと言ふ浴衣

悪口を岬に放つことが夏

女子の輪を外れてレモン味氷菓

好感度の高い等身大の俳句が並びます。二、三句目に注目。「悪口を」がいきなり来てびっくりしますが、青岬の尖端で「バッカヤロー」と叫んだのでしょう。「放つ」に若さがあふれます。「女子の輪を」も素直。誰にもこんな時がありまます。選んだ氷レモンにポエジーを感じます。復元力がいっぱいありそうな作者です。

藤本晴香　愛媛・今治西高等学校3年　★

まつさらの四肢の伸びたる水着かな

学校に逆らつて見る雲の峰

向日葵や海のにほひの停留所

しなやかな感性の匂う三句。「まつさらの四肢」という措辞がまず卓抜。匂うようなハイティーンの肢体の美しさ。清潔な色氣。「学校に」の句は「見る」が変幻し面白い。①逆らってみる②見る雲の峰③見る／雲の峰（切れ）の三つに揺れ、それが反逆心に力動感をもたせます。「向日葵や」も完成度の高い抒情的な作品です。

藤本晴香　愛媛・今治西高等学校3年　★

三つ編みのままに星河に眠りけり

ブラジャーを外し月光やはらかし

すみずみに海のにほひの日記果つ

俳句でわれを詠むのは難しい。表現の過程で一度自己を相対化しなければならないからです。「三つ編みのまま」はなんとも甘美な作品です。銀河ではなく「星河」という措辞を選んだところに、語感の繊細さがしのばれます。胸乳の「月光」も、「海のにほひの日記」もナルシシズムが水仙の香りのように清らか。

藤本晴香　愛媛・今治西高等学校3年 ★

向日葵や町にひとつの停留所

廃校の窓それぞれに夏の海

夕凪や十二年目の帰り道

季語の本意に通じた作者です。「向日葵や」の切れに、一つしかないバス停を対置し、一面の向日葵畑が眼前しました。「廃校の窓」はさびしいはずなのに、一つ一つに真っ青な夏の海が映って、巣立っていった学窓の面々の活力が想像されます。省略が雄弁に転換する俳句のパラドックス。最後は六つの日に戻った背中に広大な夕凪。

三原瑛心　愛媛・済美平成中等教育学校6年

二駅の間の花菜風を浴ぶ
鬼灯は鬼の赤さとなる途中
友人の名前の駅や花野風

一定の句歴を感じさせる作者です。鬼灯の両脇に駅を配置した三句の並べ方も巧み。「二駅の」はアイウエオ五母音間をまんべんなく使った明るく華やかなリズムが内容に合って、読者の胸の中まで菜の花の黄色で満たしてくれます。「鬼灯」も「途中」の止がうまい。三句目も花野風に含羞を帯びた友の微笑みが彷彿とします。

壬生彩香　愛媛・聖カタリナ学園高等学校3年

まだ塩素匂ふ立夏の五時限目
真っ黒なゴシック体を夏と言ふ
げんこつに伸ばした爪の刺さる夏

インパクトのある三句です。「まだ塩素匂ふ」髪膚《はっぷ》は、体育のプールの後なのでしょう。「立夏の五時限目」という限定が小気味よい。「真っ黒な」も断定に力があります。作者自身、ゴシック体のように元気いっぱい夏を過ごしているのでしょう。三句目も、大人になりかけの危ない時代を薔薇の幻影のように形象化しています。

三瀬未悠　愛媛・松山東高等学校2年

夕風の帰りたがっている花野

桃いつか目覚めてしまう夕間暮れ

夕闇に糸瓜は夜の器

たゆたう感情を表した夕べ三部作。「夕風の」は『新古今和歌集』の美意識の血脈を感じます。「桃」に自己を投影し、草田男のいう季語の二重性を実現しました。「目覚めてしまう」になんとも危なげなトキメキがあり、すでに微熱を帯びています。三句目の自由律も秀逸。夕闇に糸瓜がよるべなく下がり漆黒の中心になる妖しさ。

雪吉千春　福岡・修猷館高等学校3年

口癖をひとつ見つけて大夕焼

炭酸の明るく抜ける花火かな

短夜や一行日記に詰め込む字

ナイスガイの俳句です。アイツの「口癖」を見つけ、ますます好きになった日の夕焼。飲み干す「炭酸」と花火をこんなに壮快に詠めるとは、さすが十代。「短夜や」が秀逸。やの切れが一層目。短夜と一行日記の相似形が二層目と、階層構造をなす句です。「詰め込む字」が「詰め込む命」のダブルイメージになる奥行きの深さ。

西内朱里　熊本・熊本信愛女学院高等学校2年

トラックに白線を引く夏はじめ

少女等のうはさ話や夏の雨

一村を抱き込むやうに雲の峰

二、三句目に注目。「少女等」と自己も客観化したのが手柄です。一過性の「夏の雨」が噂話を陽性に明るくしています。「一村」というマッスでの捉え方が背後の夏雲の構図を決めました。以上、意識を体験として深め、夾雑物を捨象して十七音詩を凝縮する優秀な高校生をみてきました。俳句の地平への末長い挑戦を望みます。

団体優秀賞

岩手県　水沢高等学校
東京都　立教池袋高等学校
神奈川県　横浜翠嵐高等学校

団体奨励賞

東京都　国士舘高等学校
神奈川県　大和東高等学校
愛知県　古知野高等学校

一句入選作品

3句1作品としての入選には到らなかったものの、
光った130句を「一句入選」としました。

西瓜食ふ大学の愚痴聞きながら

萩原 海
北海道・旭川東高等学校3年

氷柱から滴る水の告げる朝

上川みずき
北海道・旭川龍谷高等学校3年

横顔が祖母にそっくり花りんご

蛯名愛海
青森・七戸高等学校3年

春の雪ふわりと君がつぶやいた

吹切広彰
青森・七戸高等学校3年

病院の長き廊下や朧月

小島瑳希
青森・七戸高等学校2年

雨粒の張りつく網戸祖父帰る

中野渡瑞希
青森・七戸高等学校2年

夜桜や鱗きらめく海のよう

木村茉希
青森・三沢高等学校3年

戦闘機空を切り裂き夏に入る

堤 真歩
青森・三沢高等学校3年

夏の雨君の囁き掻き消され

佐々木明優華
岩手・久慈東高等学校3年

凍星やカップヌードル海老二つ

伊藤亜聞
岩手・水沢高等学校3年

バケガクと読んで化学や桜餅

菅原はなめ
岩手・水沢高等学校3年

進路室ついガーベラを見てしまふ

菅原はなめ
岩手・水沢高等学校3年

青空の重さで割れるしゃぼん玉

菅原はなめ
岩手・水沢高等学校3年

寒月や人は足から死んでゆく

高橋綾
岩手・水沢高等学校3年

シャボン玉鳥獣戯画の中にあり

高橋優斗
岩手・水沢高等学校3年

秋風は路面電車を横切れる

村上瑛
岩手・水沢高等学校3年

夏の果テトラポッドの隙間にも
斎藤陸斗
岩手・水沢高等学校2年

陽炎や白亜紀の息甦る
斎藤陸斗
岩手・水沢高等学校2年

クラス替え学校は陽炎の中
斎藤陸斗
岩手・水沢高等学校2年

宿題に手をつけぬまま夜長し
米屋結衣
秋田・秋田西高等学校1年

花の雲おとぎ話に迷い込む
秀島由里子
福島・会津高等学校2年

薄月の夜の底にて蚯蚓鳴く
岸本春花
福島・会津学鳳高等学校1年

敗戦日ごつんと蟬が墜ちてきた
鈴木愛里
福島・福島西高等学校3年

グランドの白線太き立夏かな
猪瀬美夢
茨城・結城第二高等学校3年

テロリスト紛れし街の林檎売り
蛭田知樹
埼玉・上尾南高等学校3年

蝸牛進むべき道定まらず
脇田佳奈
埼玉・南稜高等学校3年

窓を開け思わず声出す蒸し暑さ
三浦美和
東京・江戸川高等学校2年

終わる夏終わらぬ宿題山のよう
鴇田智則
東京・海城高等学校1年

瞬きのたび蜉蝣の生まれけり
平野智士
東京・開成高等学校3年

秋蝶が孔雀の裏側を迷ふ
渡辺 光
東京・開成高等学校2年

すばらしき流線形のいぼむしり
渡辺 光
東京・開成高等学校2年

足をつけ見下ろす先に走る蟹
山本芙幸
東京・国士舘高等学校1年

夕焼けの残り香を抱く秋の道

渡辺玲菜
東京・実践女子学園高等学校1年

あるのかな古典の知識使うとき

鈴木　萌
東京・中央大学杉並高等学校2年

闇鍋を食らう男の越後弁

久米佑哉
東京・立教池袋高等学校3年

寒晴れや御守り固く握り締め

久米佑哉
東京・立教池袋高等学校3年

水鳥のしづかな渦の上にゐる

久米佑哉
東京・立教池袋高等学校3年

水鉄砲持てば勇者となる子供

吉澤孝弥
東京・立教池袋高等学校3年

西日射す昨日閉店した本屋

田村奏天
東京・立教池袋高等学校2年

キスひとつなき朝である桃匂ふ

田村奏天
東京・立教池袋高等学校2年

踏切の白百合メトロノームめく
籏 浩平
東京・立教池袋高等学校1年

サイレンで球児の涙暑い夏
伊藤杏実
東京・立正大学付属立正高等学校3年

この指に止まれ止まるな銀ヤンマ
髙橋 瞬
神奈川・麻生高等学校3年

また声が聞きたくなって秋の暮
三上晴香
神奈川・麻生高等学校3年

祖母の手を握って別れる夏休み
臼井泰平
神奈川・麻生高等学校1年

葉の裏のてんとうの背の硬さかな
丸山悠人
神奈川・栄光学園高等学校1年

線香花火僕を大人にするな
千石義洸
神奈川・小田原高等学校2年

吹奏楽吹けば応へる秋の空
小澤佳桜
神奈川・小田原高等学校1年

虹立つや百段坂の帰路軽し
高間大輝
神奈川・小田原高等学校1年

梅雨晴や置き傘たちに光刺す
日高美朝
神奈川・公文国際学園高等部2年

走り根の凸凹満たす春の苔
小林彩恵
神奈川・慶應義塾湘南藤沢高等部1年

誕生日実感わかない十七歳
鈴木賀子
神奈川・相模女子大学高等部2年

夏祭りこの世の終わりはいつだろう
原田友規
神奈川・逗葉高等学校1年

今だけは眠っていたい水海月
高畠杏
神奈川・南高等学校2年

雨の日の勉強机に麦藁帽
松田夕里夏
神奈川・南高等学校2年

あなたから見たわたしはパセリかな
長田奈々
神奈川・大和東高等学校2年

手花火の当てずっぽうに飛び出しぬ

伊集院亜衣
神奈川・横浜翠嵐高等学校2年

夏の海打ち上げられたか少女らよ

大塚瑞穂
神奈川・横浜翠嵐高等学校2年

少女手の砂を払って秋来る

戸塚　麗
神奈川・横浜翠嵐高等学校2年

盆休み新たな香り姉帰る

髙谷紗友里
神奈川・横浜雙葉高等学校3年

僕たちを照らしてくれるか海の月

齋藤昂太
新潟・高志中等教育学校2年

来ぬ人を向日葵と待つバス停で

飛岡謙汰
新潟・高志中等教育学校2年

去る驟雨差し込む光蟬は鳴く

新井　楓
石川・金沢大学人間社会学域
学校教育学類附属高等学校2年

狂おしき熱愛中のガーベラよ

小川楽生
石川・金沢大学人間社会学域
学校教育学類附属高等学校2年

敗戦日そうめんすする至福かな

小川楽生
石川・金沢大学人間社会学域
学校教育学類附属高等学校2年

みつかって息のできない俺と蟬

北川鈴乃
石川・金沢大学人間社会学域
学校教育学類附属高等学校2年

終戦を知らぬ子どもの夏休み

髙村結加
長野・長野清泉女学院高等学校2年

香水の濃き影夜の楽屋口

田中真央
長野・長野清泉女学院高等学校2年

涙ぐむ炭酸水となりし恋

中村有華
長野・長野清泉女学院高等学校2年

最強は僕の大きな兜虫

栗山直之
岐阜・大垣商業高等学校3年

鈴蘭よ恋の定義を教えなさい

向井亜美
岐阜・聖マリア女学院高等学校2年

廃園に梨売未だ一人をり

西尾知紘
岐阜・飛騨神岡高等学校2年

河川敷ゆれる水面に風光る
小林彩花
静岡・静岡商業高等学校3年

ダイバーに磯の香りや髪洗う
藤井正法
静岡・静岡商業高等学校3年

緑陰をつくりたる幹荒荒し
飯田野音
愛知・愛知みずほ大学瑞穂高等学校3年

朝凪に響くうかれた下駄の音
石川詩織
愛知・安城高等学校3年

月涼し遠くに響く神楽の音
沓名みなみ
愛知・安城高等学校3年

初帰省知らない父に会いにゆく
加藤美月
愛知・安城高等学校2年

秋風や道程遠き義姉の家
青木彩夏
愛知・幸田高等学校3年

指揮棒を大きく振るや雲の峰
北川順子
愛知・豊橋西高等学校2年

ビー玉の音はしづかにソーダ水
藤原良典
愛知・豊橋西高等学校2年

屑鉄の丘より吹きし石鹸玉
坂下遼介
愛知・名古屋高等学校3年

月天心人は逢瀬を重ねけり
瀬戸雅裕
愛知・名古屋高等学校3年

蛞蝓や脳に染み入る曲が好き
横山栄介
愛知・名古屋高等学校3年

西日さす去年のままのカレンダー
横山栄介
愛知・名古屋高等学校3年

月光を容れからっぽのスタジアム
牛田大貴
愛知・名古屋高等学校2年

調弦のラの音響く秋の川
細井淳平
愛知・名古屋高等学校2年

炎天の鳥見張る祖父何思ふ
山本留華
三重・宇治山田高等学校3年

雨風のにほひの残りたる西日
岡本悠一郎
京都・洛南高等学校3年

雑巾を縫い直したる子規忌かな
岡本悠一郎
京都・洛南高等学校3年

十月の砂漠の中の頭蓋骨
岡本悠一郎
京都・洛南高等学校3年

長講の窓につくつくぼうしかな
細村星一郎
京都・洛南高等学校2年

ねむらねば血はうすくなる冬の蝶
瀧本さちほ
大阪・履正社高等学校3年

鳥の恋水面を跳ねるやうな声
坂口　渚
岡山・就実高等学校3年

息継ぎで見える空との境界線
嶋田春香
広島・海田高等学校3年

用済みの受験番号木の実降る
材木朱夏
広島・広島高等学校3年

泣き声を殺して流れ星美し

濵田幸穂
広島・広島高等学校3年

夏近し少し高めに結ぶ髪

関岡風花
広島・広島高等学校2年

陽炎や僕らはみんな不完全

田中絢野
広島・広島高等学校2年

レプリカの埴輪西日と対峙せり

當山映美
広島・広島高等学校2年

鞦韆や父の顔など見たくない

平本友乃
広島・広島高等学校2年

主なき祖父の書斎に西日さす

宮丸嵩史
広島・広島高等学校2年

倒立の重心汗のひとしづく

赤木佑実
広島・広島高等学校1年

この先地雷原蟷螂歩きたる

中原孝多朗
山口・徳山高等学校3年

白百合にひかりの傷の痛みあり
仲保麻子
山口・徳山高等学校3年

ヒヨドリが鳥居とともに眠りけり
小橋口友海
山口・山口中央高等学校3年

フライパン狭くて二人分の秋
板尾真奈美
愛媛・宇和島東高等学校2年

紙風船拾うごとくにひよこ抱く
三原瑛心
愛媛・済美平成中等教育学校6年

水温む祖父の釣竿だと釣れる
三原瑛心
愛媛・済美平成中等教育学校6年

見つめれば蛇はにかんで穴に入る
三原瑛心
愛媛・済美平成中等教育学校6年

卒業や帆のやうな鳩の胸ふくふく
三原瑛心
愛媛・済美平成中等教育学校6年

山笑ひ鳥をあまたに放ちたる
三原瑛心
愛媛・済美平成中等教育学校6年

嘘ばかりつく朝顔と同居せり
壬生彩香
愛媛・聖カタリナ学園高等学校3年

子規虚子も歩きし道や冬の空
近藤拓弥
愛媛・松山中央高等学校3年

祖母の居て祖父の居ぬ墓鰯雲
有馬史夏
愛媛・松山西中等教育学校6年

大声は虚勢日焼の一団来
福原 音
愛媛・松山西中等教育学校5年

ドローンが二百十日の雲を裂く
筒井南実
高知・土佐女子高等学校1年

封を切る指の震へや春の闇
雪吉千春
福岡・修猷館高等学校3年

花野道行くバスに運転手だけ
平田萌夏
福岡・筑紫丘高等学校2年

古墳駆け回る子らあり大西日
平田萌夏
福岡・筑紫丘高等学校2年

蟬の声忘れた台詞埋めている

椿原緋奈乃
福岡・西日本短期大学附属高等学校3年

草こぼすつぶやきを聞く夏の蝶

山田隆晟
福岡・西日本短期大学附属高等学校3年

カーナビの△《わたし》陽炎って渋滞

松尾悠汰
福岡・明善高等学校2年

木苺の下に墓穴深く深く

菊川和奏
熊本・熊本高等学校2年

塾までを四人で入る日傘かな

菊川和奏
熊本・熊本高等学校2年

ふと悪夢涼しいほどの雨が降る

中島菜々子
熊本・熊本信愛女学院高等学校2年

桃を剝く誰か地雷を踏む前に

中島菜々子
熊本・熊本信愛女学院高等学校2年

島へ行くフェリーしづかや旱星

浜﨑結花
沖縄・浦添高等学校3年

オルゴールの楽譜は茨夏来たる
洗ふ手を逆らふ桃とゆるしあふ

鶴岡夏鈴
沖縄・興南高等学校３年
山田祥雲
沖縄・興南高等学校３年

卒業生からのメッセージ

過去に全国高校生俳句大賞で最優秀賞を受賞し、
現在も俳句の世界で活躍している2人の先輩からメッセージが届きました。

日常が素敵だと思えた瞬間

竹岡佐緒理
第六回最優秀賞

ドロップのふたの開かない暑さかな
紫陽花や光源氏の女たち
夕焼けのはみ出て詰める鞄かな

この度は、二十周年誠におめでとうございます。

私が全国高校生俳句大賞を受賞したのは、今から十四年前の高校二年生のときのことです。受賞作のうち〈夕焼けのはみ出て詰める鞄かな〉は部活動を終えて帰るところを詠みました。高校時代、毎日目にしていた実景です。高校生の頃、私は実景を詠むということが上手くできませんでした。田舎の高校に通う私にとって、実景とは平凡であり、つまらないものに思えてしかたがなかったからです。だから、こうだったら素敵だな、という空想を俳句にすることが多かったと思います。しかし、この「夕焼け」の句が受賞したことにより、私が平凡でつまらないと思っている日常の風景も、俳句によって、素敵な出来事に変えることができるのではないか、と気づくことができました。そして、授賞式では、おいしいお料理が出たことも覚えています。おいしいお料理をいただきながら、俳句好きの他の高校生とおしゃべりできたことは、何年経ってもいい思い出です。

現在も、句作を続けています。趣味というよりは、ライフワーク、毎日の歯磨きをする感じで、俳句とお付き合いをしています。また、教諭として高校生に俳句を教えています。今年は生徒と一緒に全国高校生俳句大賞授賞式に参加することができました。自分が高校時代に体験したことを、生徒と一緒に再び体験できるのも、大会をずっと続けてくださっている方々のおかげです。今後とも、ますます俳句の輪が広がり、神奈川大学全国高校生俳句大賞がより素敵なものになりますよう、心よりお祈り申し上げます。

竹岡佐緒理（たけおか・さおり） 一九八六年、愛知県生。早稲田大学卒。十四歳から句作を始める。大学では俳句研究会に所属する。「鷹」「蒼穹」同人。現在は、母校の国語教諭として勤務、書道・文芸部の顧問。

はじまったばかり

安里恒佑

第十四回最優秀賞

七月や角の潰れし紙袋
グランドにブルドーザーの入る大暑
ほろほろと砂漏の砂や夜の秋

二十周年おめでとうございます。本賞を振り返ると、神野紗希さんをはじめ、多くの若手俳人の原石を発掘した功績の大きさをあらためて思わされます。これからの更なる発展を御祈り致しまして、この文を寄せさせて頂ければと思います。

私が本賞を頂いたのは、東日本大震災が発生した年の第十四回でした。俳句の賞を獲ることもなく、高校生活も終わりに差し掛かった頃だったので、受賞の報を頂いたときの喜びは大変なものでした。受賞時の私は「いつか私にとっての『沖縄』が詠めるようになりたい」と書いていました。また、東日本大震災についても触れていました。「沖縄」を詠むこと、

「言語を絶すること」のあとに、俳句は何を詠み、何を詠み得ないのか。現在もこの二つは、より問いを深めながら、私の俳句との向き合い方の基底に横たわっています。

一説に拠れば、二〇四五年には平均寿命が百歳に到達するそうです。つまり、今、高校生の皆さんは八〇年以上俳句を詠んでいくことが出来る。そんなことを考えると、受賞した方も受賞を逃した方も、たった今、俳句の入り口に立ったに過ぎないのです。「早くに賞を獲るとあっさり消える」というジンクスを言われたことがあります。一体どこから消えるのか、ピンときませんでしたが、その程度で満足するなという意味なのだと勝手に解釈しました。今後、皆さんが、他者から求められる「らしさ」など、既存のあり方や欲望の典型を大いに裏切り、予想だにしなかった角度から面白い俳句を発表することを一読者として楽しみにしています。

安里恒佑（あさと・こうすけ） 一九九四年、沖縄県生。高校二年生より句作開始。大学進学後、琉球大学俳句研究会「a la carte」立ち上げと共に幹事。現在、同人誌「群青」副編集長、結社誌「銀化」同人。受賞歴に、第十四回俳句甲子園準優勝、第二回俳句四季新人奨励賞、第十六回銀化新人賞ほか。

神奈川大学からのメッセージ

神奈川大学名誉教授・国文学者　復本一郎

神奈川大学全国高校生俳句大賞の募集要項には、
毎年、応募する高校生の皆さんへのメッセージが記されていました。
1998年からの20回分を収録します。

■第一回　　　　　　　　　　　　　　　　一九九八年

高校生、受験生の皆さん、こんにちは。

皆さんは、目下、明年、あるいは数年後を目指して、日々受験勉強に取り組んでいるのではないかと思います。その疲れた頭をチョット休めて、俳句という世界で一番短い詩に挑戦してみませんか。五・七・五の十七文字で若い皆さんの日常生活のよろこびや、悲しみ、そして悩みを表現するわけです。

俳句は、皆さんご承知のように、室町時代末期に俳諧として誕生し、江戸時代、芭蕉によって文芸として完成されました。そして、明治時代に、正岡子規によって俳句として生まれかわり、今日に至っています。

一般的には、五・七・五の十七文字に、や・かな・けり等の切字（切れ）と、季節を表わす言葉である季語（季題）を入れることになっていますが、皆さんは、そんな規則にあまりこだわらずに、自由にのびのびと青春の思いを十七文字にぶつけてみて下さい。

二十一世紀の芭蕉や子規が、皆さんの中から登場することを、私たちは夢見ています。君も、そして君も、指おり数えて、さあ十七文字に挑戦を！　君たちのみずみずしい感性が新しい俳句を生み出すにちがいありません。

■第二回　　　　　　　　　　　　　　　　一九九九年

神奈川大学では、一九九八年（平成十年）、創立七十周年を記念して、全国高校生俳句大賞をスタートさせました。そして、その結果、全国の高等学校百四十四校、三千九百七十名の高校生、受験生の皆さんより一万一千九百十句の応募をいただきました。高校生、受験生の皆さんが、世界で一番短い詩型である俳句に予想以上に大きな関心を寄せていて下さったことが、驚きであると同時に、大変うれしいことでありました。

優秀者七十名の作品を『17音の青春』（邑《ゆう》書林刊）として出版いたしましたところ、この本は、「高校生の文化」を発信するものとして、テレビ、新聞、雑誌等の多くのマスメディアの注目するところとなりました。

本年も、第二回目の募集をし、「高校生文化」の発信のお手伝いをさせていただきます。奮って御応募下さるようお願いいたします。

俳句は、五・七・五の十七文字に季節を表わす言葉である季語と「や・かな・けり」等の切字を入れるのが一般的ですが、このことにあまりこだわらずに、自由にのびのびとした、若者らしい作品をお寄せ下さい。さあ、諸君！　十七文字の文学に挑戦して、青春のエネルギーをぶつけてみて下さい。

■第三回　　二〇〇〇年

一九九八年（平成十年）に創立七十周年を記念してスタートいたしました神奈川大学全国高校生俳句大賞も、今回で三回目を迎えることとなりました。

昨年度の第二回目は、全国二百五校より、実に八千七百八十六通、二万六千余句の応募をいただきました。第一回目よりも二倍以上の応募状況ということであり、世界で一番短い日本の詩に若い、次代を担う高校生諸君が、並々ならぬ関心を抱いていることを直《じか》に感じ取ることができました。その内容も、俳句という詩型の特色を的確に理解した作品が多く、御指導いただいている先生がたの適切なる御指導ぶりが窺われ、うれしさでいっぱいになりました。

第二回目も第一回に続いて『17音の青春Ⅱ』（邑書林）を発行いたしましたところ、新聞、雑誌等のマスメディアから多くの反響をいただきました。〈高校生文化〉の発信のお手伝いとしての「神奈川大学全国高校生俳句大賞」は、各方面において、引き続いて大いに注目されているようで、意を強くいたしております。

第三回目の今回は、優秀作品集『17音の青春』を新潮社から若者向けに創刊される「新潮OH！文庫」の一冊として出版することとなっており、不特定多数の読者の目に触れることになると思います。青春の思い出作りに奮って御応募くださるようお願いいたします。

高校生諸君、諸君の俳句作品を文庫の中に残そうではありませんか！　さあ、五・七・五の文芸に挑戦して、青春のエネルギーを燃焼させてください。

二〇〇一年

■第四回

神奈川大学の創立七十周年を記念して一九九八年（平成十年）にスタートいたしました全国高校生俳句大賞も、高校生諸君、そして、指導の先生方の大きな関心の中で、はやくも四回目を迎えることとなりました。

応募高校二百三校、応募総数八千五百五十五通の中から選考された第三回優秀作品のアンソロジー『17音の青春』は、新潮社の「OH!文庫」の一冊として出版されましたので、諸君もすでに目にしているのではないかと思います。諸君の高校生活の哀歓を詠《うた》った作品が、一冊の文庫本となって多くの読者の目に触れられることになったのです。高校時代の思い出作りの一つとして、素晴らしいことだと思いませんか。

今年二〇〇一年（平成十三年）は、近代俳句の創始者正岡子規が数え年三十六歳で没していますので、百回忌に相当します。子規は、俳句革新に若き情熱を燃やしました。諸君も五・七・五の十七音に挑戦して、二十一世紀の子規を目指してみませんか。沢山の応募を待っています。

■第五回　二〇〇二年

神奈川大学創立七十周年を記念して平成十年（一九九八年）にスタートした全国高校生俳句大賞も、好評の中に今年で五回目を迎えることになりました。昨年の第四回目には、北海道より沖縄まで全国百八十八校より一万八百七十名の高校生の皆さんが応募して下さいました。その結果は『17音の青春』（NHK出版）としてまとめられ、はやくもマスコミ媒体で注目されはじめています。今年も、より多くの高校生の皆さんが、世界で一番短い詩「俳句」に挑戦して下さることと思います。

そんな高校生の皆さんに、没後百年を迎えた近代俳句の創始者正岡子規の言葉を贈ります。「俳句に適したる簡単なる思想を取り来《きた》らば、何の苦もなく十七字に収め得《う》べし。縦《よ》しまた複雑なる者なりとも、その中より最《もっと》も文学的俳句的なる一要素を抜き来《きた》りて、これを十七字中に収めなば俳句となるべし。初学の人は、議論するより作る方こそ肝心《かんじん》なめれ」(『俳諧大要』)というものです。

子規が言っているように、皆さんの周《まわ》りの小さな小さな出来事を積極的に五・七・五の十七音にまとめてみて下さい。臆さずに、まずは作ってみることです。俳句によっての思い出作りはいかがでしょうか。

二〇〇三年

■第六回

本年も大評判の中《うち》に第六回全国高校生俳句大賞の作品募集をさせていただけますことを、主催者側のスタッフの一人として、大変うれしく思っております。昨年度の第五回募集に対しましては、北海道より沖縄までの全国百八十一の高等学校より一万一千名を超す高校生の皆さんが応募して下さり、優秀作品が『17音の青春2003』(NHK出版)として、すでに全国の書店に並んでいますので、皆さんの中には、実際に手にとってご覧になられたかたもおいでかもしれませんね。

今年は、是非、皆さんが、世界で一番短い詩である「俳句」に挑戦して、青春時代の思い出作りをしてみて下さい。「俳句の時代」と言われている今日《こんにち》でありますが、「青春俳句」の作り手は、青春の真っ只中にいる皆さんを措《お》いてほかにありません。皆さんの作品こそが今日の俳句界に清爽な風を吹き込むことができるのです。『17音の青春2004』

は、皆さんの作品で飾ってください。

今年は、今日の俳句の原点に位置する芭蕉の生誕三百六十年に当ります。その記念の年に皆さんの若い力で、俳句にゆさぶりをかけてみて下さい。

二〇〇四年

■第七回

神奈川大学全国高校生俳句大賞の第七回目の作品募集です。

本学主催のこの高校生俳句大賞も、すっかり定着したようで、毎年、北海道から沖縄までの数多くの高等学校より、多数の高校生が応募して下さること、俳句という短詩型文芸の活性化にも繋《つな》がり、素晴らしいことと、主催者側のスタッフの一人として、大よろこびいたしております。

皆さんも、先輩に続いて、俳句という、世界で一番短い表現形式で、青春の日々の喜怒哀楽を十七音に綴《つづ》ってみて下さい。青春の日々を活字にして残しておくということ、今の皆さんだからこそ可能なのです。青春は、あっという間に通り過ぎていってしまいます。でも、皆さんは、その青春の真っ只中におられるのです。今がチャンスです。是非、俳句という文芸に挑戦してみて下さい。

皆さんの作品は、毎年、『17音の青春』(NHK出版)として公刊され、全国の書店に並びます。昨年度(二〇〇四年版)のものも、すでに市販されています。書店で、直接手に取って繙《ひもと》いてみて下さい。キラキラした青春で一杯《いっぱい》です。

来年は、皆さんの作品が『17音の青春』を飾るのです。そして多くの人々に読まれるのです。わくわくしますね。楽しみにしていて下さい。

■第八回　　二〇〇五年

神奈川大学全国高校生俳句大賞も、高校生諸君の間にすっかり定着し、本年は、第八回目の作品募集ということになりました。今回も、より多くの高校生の皆さんの応募をお待ちしております。

俳句は、世界で一番短い短詩型文学といってよいでしょう。ですから日本語のエッセンスであるということもできると思います。皆さん、俳句を通して、日本語で発想し、日本語で表現する力――日本語力（国語力）を大いに鍛え、養って下さい。俳句文芸に、日本人のアイデンティティの凝縮されたかたちを見ることも可能かと思います。

私の所属しております経営学部では、平成十八年度公募制自己推薦出願部門別入試に大学主催の大賞・コンテスト部門を新設し、本学主催の俳句大賞入賞者に対しても、自己推薦入学の門戸を開放することになりました。これによって、入学試験における暗記万能主義の弊害が是正され、思考力に優れ、独創的な発想に恵まれた、皆さんのような若者がどんどん入学して下さるならば、大学の活性化にも繋ることになるでしょう。これは、時代を先取りしての試みではないかと、多少、自負しています。

なにはともあれ、のびのびとした作品をたくさんお寄せ下さい。

■第九回　二〇〇六年

第九回目の神奈川大学全国高校生俳句大賞の作品募集です。第八回目には、全国一五六の高等学校から七六五三通の応募がありました。全国には、俳句という文芸に関心を持っている高校生がまだまだ沢山おいでのことと思います。お一人でも応募できるシステムになっていますので、遠慮なさらずに気楽に御応募下さい。『17音の青春』（NHK出版）として、皆さんの作品の載っている本が、全国の書店に並びます。青春の思い出作りには最高だと思いますよ。

今年、平成十八年（二〇〇六）は、俳句という文芸に大きな揺さぶりをかけた俳人日野草城の没後五十年に当ります。草城は、皆さんと同じように、十代から俳句に取り組んでいます。若き日の草城は、〈短夜やあすの教科書揃へ寝る〉〈土用の父よ冷しビールの味如何《いか》に〉〈南風や化粧に洩《も》れし耳の下〉〈仁丹《じんたん》を清水の中へこぼしけり〉〈ところてん煙の如く沈み居《を》り〉といった、それまでの俳句とは一味も二味も違った清新な作品を沢山作って、既成の俳人たちを驚かせています。

さあ、皆さんも、今日《こんにち》の俳句界に大きな揺さぶりをかけるような勢いのある作品をどんどんお寄せ下さい。

■第十回　二〇〇七年

神奈川大学全国高校生俳句大賞も、いよいよ第十回目の作品募集を行うこととなりました。皆さんの先輩たちの作品集であるこれまでの九冊の『17音の青春』を前に感慨少なからぬものがあります。この九年間、俳句という日本が世界に誇る短詩型文芸へ果敢なる挑戦をされた高校生の皆さん、そして、皆さんを陰で支えて下さった俳句指導の先生方に、改めて心より御礼申し上げたいと思います。本当に有難うございました。

平成十九（二〇〇七）年は、折しも近代俳句の創始者正岡子規の生誕百四十年に当たります。我々は、二十一世紀の第二、第三の子規の登場を鶴首いたしております。我々にとってこの十周年は、何か運命的なものさえ感ぜずにはいられません。今日《こんにち》知られている子規の一番若い時の作品は、子規が数え年十九歳の折のものです。皆さんはその子規よりも若くして、俳句という文芸と出合われたのです。素晴らしいことだと思います。

皆さん、神奈川大学全国高校生俳句大賞への応募を機に、俳句という文芸の面白さを、是非、是非実感してみて下さい。皆さんの期待に十分応《こた》え得《う》る文芸の器《うつわ》であることを確信しています。

■第十一回　二〇〇八年

神奈川大学全国高校生俳句大賞も、第十回目という節目の年を全国の高校生の皆さん、そして御指導いただいている先生方の積極的な御参加、御協力によって、例年にもまして盛況のうちに恙なく終えることができました。その様子は、すでに朝日新聞、あるいは俳句雑誌等で報じられておりますので、ご承知のことと思います。そして今年からまた気持ちも新たに第十一回目をスタートさせることとなりました。多くの皆さんの御応募をお待ちしております。

今年は、「明日を信じることは楽しいことです。やがては文学史に残る僕らの運動となることを信じて」と高らかに青春俳句宣言をした寺山修司が没して二十五年目になります。修司は、「青春とその生き方の匂いのする」俳句にこだわりました。そして〈目つむりていても吾《あ》を統《す》ぶ五月の鷹〉〈ラグビーの頬傷ほてる海見ては〉〈大揚羽教師ひとりのときは優し〉〈教師呉れしは所詮知恵なり花茨〉といった、青春の匂いのする多くの佳品を残しています。諸君と同じ、高校生時代の修司の作品です。

さあ皆さんも今日只今《こんにちただいま》の躍動する青春を俳句に形象化してどんどん応募してください。お一人でも応募可能です。お待ちしています。

■第十二回　二〇〇九年

今年は、現代俳句の創始者高浜虚子が没してから、満五十年という節目の年に当ります。皆さん、虚子のどんな作品を御存知ですか。

春風や闘志いだきて丘に立つ　虚子

は、虚子が、子規の「写生」の伝統を継承しようと決意した時の作品です。そよそよと吹く春風の中で、闘志を燃え立たせる虚子が髣《ほう》髴《ふつ》とします。晩年は、ひたすら「花鳥諷詠」を唱えて、一筋の道を歩んだ虚子ではありますが、若い時には、近代俳句の創始者正岡子規の膝下で、実に奔放に俳句という文芸に挑戦し、楽しんでいます。

欠伸《あくび》して霞を吸ふやひまな人　虚子

こんな面白い句も作っているのです。晩年のように季語にも、切字にもあまりこだわっていません。びっくりするような作品がありますよ。

蒲公英《たんぽぽ》の色を巧に出す油画《あぶらゑ》かきの恋　虚子

これがあの虚子の作品なのです。若さとは、このようにエネルギッシュで革進的なものなのでありましょう。皆さん、ちょっと虚子が好きになってきたのではないでしょうか。

皆さんも虚子に負けないよう、自由奔放な伸び伸びした作品をどしどしお寄せ下さい。十七音や、季語や、切字を気にするあまり、皆さんの素晴らしい感受性が殺《そ》がれてしまわないことを願っています。

■第十三回　二〇一〇年

今年は、東の芭蕉に対して、西の鬼貫と言われた江戸時代の俳人上島鬼貫《うえしまおにつら》が生まれてから三百五十年目に当ります。

によつぽりと秋の空なる不尽《ふじ》の山

が、その代表作です。なんと大胆な作品でしょう。秋の紺碧の空に高く聳《そび》える富士山を、「によつぽり」なるユニークな擬態語を用いて、のびのびと表現しています。鬼貫が著した俳句入門書に『独ごと《ひとり》』という本がありますが、その中で鬼貫は「詞《ことば》すなほに、たけ高」い句を作ることを奨《すす》めています。日常のわかりやすい言葉を使って、格調の高い俳句を作りなさい、というのです。〈によつぽりと〉の句など、まさしくそのような作品ですね。肩の力を抜いて、気取りなく詠《よ》まれていますが、それでいて、読者には、富士山の気《け》高《だか》さが十分に伝わってくるのです。あの蕪村も、鬼貫の大ファンでした。

皆さんも、三百五十年の時を越え、現代の鬼貫になって、やさしい言葉を使って、気取りのない作品をどんどん作ってください。そんな作品が、多くの人々の心を打つのです。『17音の青春2011』版を、是非、みなさんの作品で飾ってください。多くの皆さんの応募をお待ちしています。

■第十四回　二〇一一年

平成二十三年（二〇一一）三月十一日、マグニチュード9という日本の記録史上最大の大地震が、東日本を襲いました。まずは、被災された高校生の皆さん、そしてご家族の皆様に心よりお見舞い申し上げます。

このような時に文学には、俳句には、何ができるのでしょうか。何もできないかもしれません。が、被災地の皆さんが綴られる十七音が、次世代をも含めて多くの人々の心を感動させてくれるかもしれません。そんな予感がするのです。そして被災地以外の皆さんが綴られる十七音が、被災地の皆さんへの強力な応援歌になるかもしれません。そう確信しています。

私は、文学研究に携わる一人の人間として、言葉の持っている力、言霊《ことだま》を信じたいのです。日本は、古来、「言霊の幸《さき》はふ国」と言われてきました。高校生の皆さんが作られる俳句の一句一句が、日本の将来に幸福を齎《もたら》すことを確信しています。皆さんが作る俳句が、日本の人々を元気付け、未来に向かっての一歩を踏み出させてくれることでしょう。「まこと」の俳句を、若人《わこうど》の歌声を是非!!

二〇一二年

■第十五回

皆さん、信濃の小林一茶という俳人を御存知だと思います。宝暦十三年（一七六三）に生まれていますので、今年平成二十四年（二〇一二）は足掛で生誕二百五十年ということになります。皆さんの頭の中にも中学校や高等学校の教科書に載っている、

雪とけて村一ぱいの子ども哉《かな》

をはじめとして、何句かの一茶の作品がすぐに浮かんで来るのではないでしょうか。

涼風の曲りくねつて来たりけり
名月をとつてくれろと泣《な》く子哉
むまさうな雪がふうはりふはり哉

などの作品もありますね。少しの気取りもなく、思ったことを素直に、やさしい言葉で俳句にしています。これが一茶俳句の特色です。芭蕉にも、蕪村にもない一茶独自の魅力です。自然体の魅力と言ったらいいでしょうか。そして、これらの作品は、今日でも、少しも古びていないのです。

一茶の作品を目の前にすると、皆さんも、こんな作品なら、僕も、私も作れそうだな、と思ってこられるのではないでしょうか。そ

うです、皆さんが普段使っている言葉で、皆さんの心の叫びを素直に五・七・五の十七音にまとめてみて下さい。そんな作品を、私たちは待っています。

■第十六回　二〇一三年

幕末から明治にかけて、北は秋田県の象潟《きさかた》より、西は兵庫県の明石まで、各地を漂泊し、長野県の伊那の地に終《つい》の住処《すみか》を定めた俳人に井月《せいげつ》という男がいました。まったく無名の俳人でしたが、その作品が岩波文庫に収められたことにより、今、人々の関心を集めています。

若鮎の瀬に尻まくる子供かな
泥くさき子供の髪や雲の峰
子供にはまたげぬ川や飛螢

といった作品を作っています。名利《みょうり》（世俗的な名声や利益）に恬淡《てんたん》とした生活を送り、心底俳句を作ることだけを楽しんだ、そんな生き方と作品が、多くの問題を抱えて生きている今日の我々の心をゆさぶるのだと思います。

その井月は、仲間の俳人に「句の姿は水の流るるが如くすらすらと安らかにあるべし。木をねじ曲げたるやうごつごつ作るべからず」との言葉を伝えています。言わんとするところは、技巧を避けて、素直な俳句を心がけなさい、ということだと思います。この心構えは、高校生の皆さんが俳句を作る場合にも、常に頭に入れておくべきことでしょう。見たまま、心に感じたままを、的確な言葉で表現するのです。

そんな作品を、どんどんお寄せください。

選考委員一同も、真剣に審査に当たりたいと思います。

■第十七回　二〇一四年

芭蕉が「おくのほそ道」の旅の途次に立ち寄った須賀川《すかがわ》（福島県）に江戸時代の末、多《た》代《よ》女《じょ》という女性俳人がいました。慶応元年（一八六五）に九十歳で没していますので、今年で百五十回忌ということになります。芭蕉を大変尊敬していて、

それよりして今に時雨《しぐれ》の翁かな

の一句を作っています。「時雨の翁」とは、芭蕉のことです。芭蕉は不滅だというのです。

そんな多代女ではありますが、一方、

いす取ってふらんけ敷て昼寝哉《かな》

といった句を作っていて、びっくりさせられます。「ふらんけ」は、ブランケット（当時、フランケットとも）のことです。厚地の毛織布地の敷物です。なんともモダンな一句ではありませんか。渡来してすぐの「ふらんけ」を早速一句にしているのです。まさに芭蕉の「不易流行」の教えを実行した作品と言ってよいでありましょう。「流行」の一句です。

高校生の皆さんも、今生きている時代をしっかりと見据えて作品を作ってください。文字通り時代を詠《よ》むのです。それは、現代を生きている皆さんでなければできないことです。

十代の皆さんの若々しい作品をどしどしお

寄せください。楽しみにお待ちしています。

二〇一五年

■第十八回

村上鬼城《きじよう》という俳人がいます。

冬蜂の死にどころなく歩きけり
闘鶏の眼《まなこ》つぶれて飼はれけり
生きかはり死にかはりして打つ田かな

等の作品で知られています。明治・大正・昭和にわたって活躍した俳人です。慶応元年(一八六五)七月二十日の生まれですので、今年、生誕百五十年を迎えます。

その鬼城が、若き日、正岡子規に俳句の学び方を尋ねています。それに対して、子規は、明治二十八年(一八九五)三月二十一日付の鬼城に宛てた手紙の中で、

俳句を学ぶは、古人の名句を読むこと、自《みづか》ら多く作ること、他人の批評、添削を乞ふこと、の三事に出でず。(原文片仮名)

と答えています。昔のすぐれた俳人の名句を沢山読むこと、自らも俳句作品を沢山作ること、そして、作った作品を批評、添削してもらうこと、というのです。これが俳句の学び方の総てだというのです。子規のこの言葉は、今日、俳句に挑戦しようとされている高校生の皆さんにも、そのまま通用する方法ではないかと思います。

高校生の皆さん、子規の言葉を参考にして、若々しい作品をどしどしお寄せください。お待ちしています。

■第十九回　二〇一六年

今年は、皆さんがよく知っている小説家夏目漱石の没後百年にあたります。漱石は、慶応三年（一八六七）に生まれ、大正五年（一九一六）、数え年五十歳で没しています。『吾輩は猫である』『坊っちゃん』等多くの作品で知られていますが、一方、同い年の親友正岡子規門下のれっきとした俳人でもあったのです。

明治二十八年（一八九五）、愛媛県尋常中学校の教師として漱石が下宿していた松山の愚陀仏庵に子規が転がり込み、約二ヶ月間を共に過ごしています。漱石は、このころより本格的に俳句にのめり込んでいきます。漱石の俳句は、

朧夜や顔に似合ぬ恋もあらん
桶《をけ》の尻干したる垣に春日哉《かな》
暗がりに雑巾を踏む寒《さむさ》哉

など、どこかにユーモアの漂う作品が少なくありません。子規は、漱石を「我が俳句仲間に於いて、俳句に滑稽趣味を発揮して成功したる者は漱石なり」（『墨汁一滴』）と評しています。

皆さんが挑戦されようとしている「俳句」の「俳」には、滑稽（笑い）の意味があります。時にそんなことを思い出しながら作ってごらんになるのもよいのではないでしょうか。

■第二十回　　　　　　　　　　　　　　　　　　二〇一七年

ねころんで書《ふみ》よむ人や春の草　　　　子規
のどかさに寝てしまひけり草の上　東洋城

前の句は、松山出身の子規が満一六才の時の作品（明治一八年作）。後の句は、宇和島出身の東洋城が二三才の時の作品（明治三三年作）です。似ていますね。二人の青春時代の春ののどかな一日が、皆さんにも伝わってくるのではないでしょうか。こんな明るい作品もいいですね。東洋城は子規の句を知っていて、それに酬和《しゅうわ》（挨拶）するようなかたちで一句を作ったのかもしれません。

『獺祭書屋俳話』（明治二六年刊）によって俳句革新に乗り出した正岡子規は慶応三年（一八六七）の生まれですので、今年で生誕一五〇年となります。松根東洋城の俳句の先生である夏目漱石も、子規と同じく慶応三年の生まれです。そして、漱石の俳句の先生が、子規なのです。ですから、子規、漱石、東洋城の三人は、俳系で繋っているのです。

皆さんも、子規や東洋城の冒頭の句のように、皆さんの青春を一七音でのびのびと表現してみてください。

この神奈川大学全国高校生俳句大賞も、いよいよ第二〇回ということになりました。一人でも多くの俳句好きの高校生の皆さんの応募をお待ちしています。

応募高校一覧（全一九八校）※応募後の転校先を含む

【北海道】旭川東高等学校／旭川龍谷高等学校／虻田高等学校／札幌開成中等教育学校／函館高等学校／稚内高等学校

【青森県】青森山田高等学校／向陵高等学校／三本木高等学校／七戸高等学校／十和田工業高等学校／八戸北高等学校／弘前高等学校／弘前学院聖愛高等学校／三沢高等学校

【岩手県】久慈東高等学校／水沢高等学校

【宮城県】仙台白百合学園高等学校／東北学院榴ケ岡高等学校／名取北高等学校

【秋田県】秋田西高等学校／大館国際情報学院高等学校／能代西高等学校

【山形県】山形南高等学校

【福島県】会津高等学校／会津学鳳高等学校／聖光学院高等学校／福島西高等学校／耶麻農業高等学校

【茨城県】古河中等教育学校／つくば開成高等学校守谷学習センター／日立第二高等学校／水戸桜ノ牧高等学校／結城第二高等学校

【栃木県】小山高等学校

【群馬県】桐生高等学校／勢多農林高等学校／富岡東高等学校

【埼玉県】上尾南高等学校／大妻嵐山高等学校／川口高等学校／越谷北高等学校／狭山ケ丘高等学校

／所沢高等学校／南稜高等学校
【千葉県】 千葉東高等学校／松尾高等学校
【東京都】 江戸川高等学校／海城高等学校／開成高等学校／錦城学園高等学校／国士舘高等学校／実践女子学園高等学校／昭和女子大学附属昭和高等学校／女子学院高等学校／杉並総合高等学校／成城高等学校／玉川学園高等部／中央大学杉並高等学校／つばさ総合高等学校／東京電機大学高等学校／二松學舍大学附属高等学校／日本橋女学館高等学校／八王子学園八王子高等学校／三鷹中等教育学校／武蔵野女子学院高等学校／立教池袋高等学校／立正大学付属立正高等学校／早稲田大学高等学院
【神奈川県】 麻生高等学校／厚木商業高等学校／伊志田高等学校／栄光学園高等学校／小田原高等学校／神奈川大学附属高等学校／鎌倉女子大学高等部／公文国際学園高等部／クラーク記念国際高等学校 横浜青葉キャンパス／慶應義塾湘南藤沢高等部／相模女子大学高等部／逗葉高等学校／橘学苑高等学校／立花学園高等学校／藤沢総合高等学校／南高等学校／大和東高等学校／横須賀大津高等学校／横浜翠嵐高等学校／横浜雙葉高等学校
【新潟県】 高志中等教育学校
【富山県】 高岡向陵高等学校／南砺福光高等学校
【石川県】 金沢商業高等学校／金沢大学人間社会学域学校教育学類附属高等学校／金沢錦丘高等学校
【山梨県】 上野原高等学校／甲府商業高等学校／日本航空高等学校／韮崎高等学校／山梨高等学校
【長野県】 軽井沢高等学校／篠ノ井高等学校／長野清泉女学院高等学校／屋代高等学校

【岐阜県】大垣商業高等学校／聖マリア女学院高等学校／飛騨神岡高等学校
【静岡県】御殿場高等学校／静岡サレジオ高等学校／静岡商業高等学校／城南静岡高等学校
【愛知県】愛知教育大学附属高等学校／愛知みずほ大学瑞穂高等学校／安城高等学校／岡崎東高等学校／幸田高等学校／古知野高等学校／東海商業高等学校／豊橋西高等学校／名古屋高等学校／明和高等学校／横須賀高等学校
【三重県】宇治山田高等学校／紀南高等学校
【京都府】鴨沂高等学校／大谷高等学校／洛南高等学校
【大阪府】高津高等学校／帝塚山学院高等学校／とりかい高等支援学校／明浄学院高等学校／山本高等学校／履正社高等学校
【兵庫県】愛徳学園高等学校／クラーク記念国際高等学校 豊岡キャンパス／神港橘高等学校／青陽須磨支援学校／西宮北高等学校／報徳学園高等学校／六甲アイランド高等学校
【奈良県】大淀高等学校
【和歌山県】向陽高等学校／田辺高等学校／桐蔭高等学校
【鳥取県】米子北高等学校
【島根県】江津高等学校／松江北高等学校
【岡山県】岡山東商業高等学校／クラーク記念国際高等学校 岡山キャンパス／就実高等学校／清心女子高等学校

【広島県】五日市高等学校／海田高等学校／可部高等学校／大門高等学校／広島高等学校／広島商業高等学校／広島文教女子大学附属高等学校／基町高等学校

【山口県】熊毛南高等学校／徳山高等学校／奈古高等学校・萩高等学校奈古分校／柳井学園高等学校／山口中央高等学校

【徳島県】阿南工業高等専門学校

【愛媛県】愛光高等学校／今治西高等学校／宇和島東高等学校／上浮穴高等学校／済美平成中等教育学校／聖カタリナ学園高等学校／新田青雲中等教育学校／伯方高等学校／松山中央高等学校／松山西中等教育学校／松山東高等学校

【高知県】土佐女子高等学校

【福岡県】修猷館高等学校／城南高等学校／精華女子高等学校／筑紫丘高等学校／西日本短期大学附属高等学校／明善高等学校／八女高等学校

【佐賀県】杵島商業高等学校／早稲田佐賀高等学校

【長崎県】純心女子高等学校／聖和女子学院高等学校／長崎明誠高等学校

【熊本県】熊本高等学校／熊本信愛女学院高等学校

【大分県】大分豊府高等学校／日本文理大学附属高等学校

【鹿児島県】松陽高等学校

【沖縄県】浦添高等学校／興南高等学校／那覇西高等学校／森川特別支援学校

あとがき

第二〇集となります『17音の青春　２０１８』をお届けします。

最近、結婚相談所で、俳句を通じて参加者が親睦を深める試みがあるそうです。平安時代の宮廷社会において、和歌が恋人に思いを伝える上での必須アイテムであったことを思わせます。俳句によって縁が紡がれるとしたら、素晴らしいことだと思います。

選考にあたっては、選考委員各氏のほか、恩田侑布子、北川素月、清水青風、橋本直、原千代、若井新一の各氏のご協力を得ました。この場を借りて厚く御礼申し上げます。

次年度もたくさんのご応募をお待ちしております。

学校法人　神奈川大学広報委員会
http://www.kanagawa-u.ac.jp/

選考委員	宇多喜代子（読売俳壇選者） 大串 章（朝日俳壇選者・俳誌「百鳥」主宰） 長谷川 櫂（朝日俳壇選者） 黛 まどか（俳人） 復本一郎（神奈川大学名誉教授・国文学者・神奈川俳壇選者）
賞	【入賞】 ●最優秀賞（5作品） 賞状・奨学金5万円・記念品 ●入選（65作品） 賞状・図書カード ※このほか、応募していただいた作品の中から、一句のみの入選として、「一句入選」を設け、優秀作品集に収録します。 【団体賞】 ●団体優秀賞（3校）賞状・記念品 ●団体奨励賞（3校）賞状・記念品
結果発表	2018年12月中旬に入賞者（最優秀賞、入選）・団体賞受賞高校（団体優秀賞、団体奨励賞）に通知します。
授賞式	2019年3月にシンポジウムおよび授賞式を開催します。
その他	入賞・その他の作品については、作者名とともに優秀作品集『17音の青春』をはじめ、新聞・雑誌・ホームページ等に掲載します。

▶**お問い合わせ先**
神奈川大学広報部「全国高校生俳句大賞」係
〒221-8686 横浜市神奈川区六角橋3-27-1
TEL 045-481-5661（代） FAX 045-481-9300
専用HP http://sp.kanagawa-u.ac.jp/community/

第21回　神奈川大学全国高校生俳句大賞
募集要項

テーマ　詩型・季語・切れなどにとらわれず、あなたの感性で自由に綴ってください。部活・友情・スポーツ・勉強・受験・恋愛・家族。そして、自然・平和・政治・生命・宇宙……。

応募条件　高校生

※応募作品は、本人が創作した未発表の作品に限ります。(他に発表した作品は認められません)

※著作権違反や虚偽記載があった場合は賞を取り消します。

※応募作品は返却いたしません。

※応募作品の著作権は、学校法人神奈川大学に帰属します。

応募方法　下記の必要事項を記入の上、応募ハガキ（または郵便ハガキ)でご応募ください。ハガキ以外での応募は無効です。

●氏名（フリガナ）●自宅住所・自宅電話番号

●高校名・学年・高校住所・高校電話番号

●俳句指導教諭名（または国語科担当名）

※募集要項は2018年5月上旬に完成予定です。

※応募ハガキ一枚につき必ず三句ずつの応募となります。三句に満たないものは無効です。

※えんぴつ書きは無効です。必ず黒のサインペンかボールペンでご記入ください。

※一人何通でも応募できます。

※高校での一括応募(応募ハガキをまとめて郵送)も受け付けております。

※収集した個人情報は本大賞の円滑な運営のために使用し、責任をもって管理します。

応募締切　2018年9月4日（火）必着

17音《おん》の青春《せいしゅん》　2018
五七五《ごしちご》で綴《つづ》る高校生《こうこうせい》のメッセージ

平成30年3月25日　初版発行

編　者　学校法人《がつこうほうじん》 神奈川《かながわ》大学広報委員会《だいがくこうほういいんかい》

発行者　宍戸 健司

発　行　一般財団法人 角川文化振興財団

〒102-0071　東京都千代田区富士見1-12-15
電話　03-5215-7819
http://www.kadokawa-zaidan.or.jp/

発　売　株式会社 KADOKAWA

〒102-8177　東京都千代田区富士見2-13-3
電話　0570-002-301（カスタマーサポート・ナビダイヤル）
受付時間 11:00 ～ 17:00（土日 祝日 年末年始を除く）
https://www.kadokawa.co.jp/

印刷所　旭印刷株式会社

製本所　牧製本印刷株式会社

装丁・本文デザイン　國枝達也
写真　佐山順丸
撮影協力　神奈川大学
DTP　アメイジングクラウド株式会社

落丁・乱丁本はご面倒でも、下記KADOKAWA読者係にお送りください。
送料は小社負担でお取り替えいたします。古書店で購入したものについては、お取り替えできません。
電話　049-259-1100（9:00 ～ 17:00　土日、祝日、年末年始を除く）
〒354-0041　埼玉県入間郡三芳町藤久保550-1

ISBN978-4-04-884153-5 C0092